Tvillingsystrar

ANN LIDÉN PETTERSSON

Tvillingsystrar

© 2020 Ann Lidén Pettersson

Sättning och omslagsutformning: BoD – Books on Demand

Förlag: BoD – Books on Demand, Stockholm, Sverige

Tryck: BoD – Books on Demand, Norderstedt, Tyskland

ISBN: 978-91-8007-343-1

Prolog Karlstad 1954

Värkarna kom tätt. Gudrun kände sig ensam och övergiven i det kala rummet. Zach, Zach var är du. Väggarna smutsvita, sköterskorna i sina blå klänningar med vita förkläden och vita hättor på huvudet. Kalt och kallt. Barnmorskan kliver in med gröna skyddskläder och munskydd. Hon tar fram trätratten för att lyssna på magen. Gudrun har så ont, smärtorna känns oöverstigliga. Zach, Zach. Hon undrar om hon verkligen kan överleva detta helvete. Som ensamstående mor ser inte hennes framtid ljus ut, men hon orkar inte tänka längre än till nästa värk. Barnmorskan säger med sträng röst, när Gudrun jämrar sig då smärtan kommer, «Har man blivit på det viset får man ta konsekvenserna». Blivit på det viset, vi var två om det tänker Gudrun och känner övergivenheten med lika stor styrka som värkarna. Barnmorskan säger «Nu ska jag känna efter hur öppen du är» och sticker in sina handskklädda fingrar i Gudruns underliv. «Tre centimeter, lilla flicka du får allt jobba på en stund till». Ingen har talat om för Gudrun hur många centimeter det ska vara. Hon vet inte alls hur en förlossning går till. Ingen har berättat det för henne. Hon blev skickad till mödrahemmet i Karlstad, där unga ogifta mödrar får föda sina oäkta barn. Röd i ansiktet och svettig av ansträngningen ligger hon ensam på britsen. Barnmorskan kommer in och slänger till henne lustgasmasken och säger barskt «Andas in när värken kommer». Gudrun håller masken krampaktigt över näsan och munnen. Timmarna kryper fram. Hon har inget begrepp om tiden, stundtals är hon nästan medvetslös. «Nu är det dags att börja krysta, nu får du ta i och pressa på» säger förlöserskan. Gudrun pressar hakan ner mot bröstet och trycker på, men hennes krafter är svaga. Det händer inte så mycket. Barnmorskan höjer rösten och ber henne ta i mera när nästa värk kommer. Nästa värk kommer och Gudrun tar i allt vad hon har, men ingenting händer. «Du måste ta i hårdare» skriker barnmorskan. Yr i huvudet domnar den unga förstföderskan nästan bort. Hon är inte med i händelseförloppet, är nu mycket svag. Ingen läkare finns att tillgå och här gäller det att klara sig utan expertis, men barnmorskan är gammal och van och tycker oftast att läkarna är i vägen när de närvarar. Nu sätter förlöserskan sin armbåge rakt in i den övre delen av magen, för att hjälpa barnet ut. Vid nästa krystvärk blir huvudet synligt i öppningen. «Bra» säger morskan «Nu tar du i för kung och fosterland, när nästa värk kommer». «Pressa på allt vad du kan och lite till». Hon placerar armbågen ovanför den tjocka magen och trycker till. Barnet kommer nu ut en bit till. Gudrun svettas och skriker «Jag orkar inte». «Jo, du måste orka» skriker barnmorskan tillbaka. Efter ytterligare fem krystvärkar kommer då äntligen barnet ut. Blåröd och kladdig. Flickan som just kommit ut i jordelivet skriker inte. Snabbt suger morskan henne ren i munnen och halsen med en slang och efter en stund börjar den lilla flickan gny. Minuterna går, men ingen moderkaka syns till. Förlöserskan känner på magen och inser att det är ett barn till där inne. «Du måste uthärda en stund till, det är ytterligare ett barn där inne». Gudrun svävar mellan vakenhet och medvetslöshet, har inte fattat vad som trycker på, barnet är ju ute. Hon har inte förstått att det finns ett barn till där inne.

Krystvärkarna kommer men det händer inte mycket. Barnmorskan inser att Gudruns krafter inte räcker till och nu måste barnet ut fort. Hon trycker hårt på övre delen av magen igen för att liksom skjutsa ut barnet. Barnet kommer efter stor möda. Det börjar blöda ymnigt ur Gudruns underliv. Moderkakan måste ut, antagligen är den trasig och det ser ut som hon spruckit sönder mycket. Flicka nummer två kommer igång efter en stunds gnuggande. Nu har en annan sköterska kommit och hjälper till att ta hand om flickorna. Moderkakan kommer och den är mycket riktigt trasig och allt kommer inte ut. Gudrun har nu tappat medvetandet och är inte med i vad som sker. Hon förlorar mycket blod och det gäller att snabbt få stopp på flödet. Barnmorskan ber den andra sköterskan att ringa efter ambulans. Gudrun måste till sjukhus snabbt för att få stopp på blödningen. Barnmorskan inser att de inte kan klara sin unga förstföderska här på hemmet. Två dagar efter förlossningen dör Gudrun av sviterna.

Kapitel 1

De var verkligen lika. Ett mejl hade plingat till i Emmas mobil, för tre dagar sedan. Nu sitter hon här med en främmande kvinna och dricker kaffe på Kanold's cafe. Hon ser in i kvinnans gröna ögon och känner ingenting. Emma känner nästan obehag av att stirra in i kvinnans blick och vet inte vad hon ska prata om. Det verkar ömsesidigt. Lina flackar med blicken och börjar tala om vädret. Hur är detta möjligt, att de inte känner någon samhörighet, de är trots allt tvillingsystrar. Vad var det som hände i samband med deras födelse?

Emma och Linas mamma hade dött i barnsäng, när de föddes, 1954 i Karlstad. Inga anhöriga hade möjlighet att ta hand om flickorna. Faderslösa, så kallade oäktingar. De hamnade på ett barnhem i Hagfors. Båda flickorna hade snabbt förflyttats till fosterfamiljer och därmed inte haft någon kontakt med varandra under alla dessa år. Det var i stort sett allt Emma visste om sin syster. Så lika de var, trots att de inte växt upp tillsammans. Samma mörka, gråsprängda hår i en pagefrisyr. Båda hade låtit håret ha sin naturliga färg. Samma grönmelerade ögon och samma breda näsa. Lina talar bred värmländska och Emma i det närmaste rikssvenska. Hon växte upp i Sigtuna, i en akademisk familj. Lina tillbringade sina första 20 år på en lantgård i närheten av Sunne. De berättar lite fåordigt för varandra och med viss återhållsamhet. De känner sig inte helt komfortabla i varandras sällskap. Emma känner sig blyg inför systern och får dåligt samvete för att hon inte tagit kontakt tidigare. Efter ett trevande möte skiljs de åt på Grönsakstorget, inte särskilt angelägna om att ses igen.

Emma har funderat, i alla dessa år, varför man skiljde flickorna åt. Idag hade nog barnpsykologen sagt att det var viktigt att inte skilja på systrarna. Det hade säkert funnits en familj som kunde tagit hand om dem båda. Men hade det blivit bättre, tänker Emma? Det är så många frågor som hopar sig. Det är i alla fall lustigt att de båda nu är bosatta i Göteborg. Varför hade Lina mejlat henne? Hon verkade nästan arg på mig, tänker Emma. De har inte träffats på 60 år och har inga minnen av varandra.

Emma har fullt upp i jobbet på Sahlgren-
ska, med att ta hand om folk med onda ryg-
gar och utslitna höfter. Ett fysiskt krävande
jobb, men Emma har verkligen älskat sitt
arbete och kan inte tänka sig något annat.
Efter att ha rest omkring en del efter gym-
nasiet kom hon på vad hon ville bli när hon
blev «stor» och sökte sjukgymnastutbildning
och kom in. Hon var mycket lycklig och nöjd
med att ha pluggat duktigt på gymnasiet, så
betygen räckte till nästan vilken utbildning
som helst. Hon hade funderat på läkare, men
tyckte att utbildningen var för lång och visste
inte i ärlighetens namn om hon skulle klara
av de tuffa studierna. Så detta hade blivit en
kompromiss, hon hamnade i vården, och det
blev verkligen ingen dålig kompromiss. Idag
jobbar Emma som chef för gruppen, men har
fortfarande en del egna patienter att ta hand
om.

Emmas man, Göran är civilingenjör och ar-
betar som lärare på Chalmers. De lever ett bra
liv tillsammans och har två vuxna barn, Karl
och Johan. Karl jobbar i London som eko-
nom på ett stort multinationellt företag och
Johan är nybliven psykolog. Johan har precis

fått sitt första jobb som legitimerad psykolog på Sahlgrenska. Familjen är om inte lycklig, som är ett starkt ord, så är de väletablerade och mycket tillfreds med tillvaron. Nu borde Emma kunna ta tag i sitt ursprung. Hon har grubblat en hel del över sin bakgrund, särskilt när hon själv blev mamma för över 30 år sedan, men då hade det endast stannat vid några snabba tankar. Hon känner det dåliga samvetet gnaga inombords. Här har hon gått omkring nästan ett helt liv och inte ägnat sin syster mer än några tankar emellanåt. Karriären och den egna familjen har upptagit all hennes tid. Inte konstigt att de känner en blygsel och spänning när de nu träffas efter så många år. De har inte ens några minnen av varandra.

Kapitel 2

I mitten av januari insjuknade Emma i influensa, med ett långvarigt förlopp. Det hade kommit en del snö som nu var på väg att regna bort. Emma längtade verkligen efter den ljusa årstiden, när solen börjar värma och snödropparna tittar upp. Hon blev liggande hemma mer än en vecka och i slutet av perioden blev det långtråkigt att vara hemma. Hon kände sig hostig och fortfarande snuvig. Hon ville inte smitta ner sina arbetskamrater och patienter, därför tog hon några extra dagars sjukskrivning. Hon tyckte inte om kollegorna som skulle vara så tappra och heroiska och gå tillbaka till jobbet fastän de knappt hängde ihop. Det gick alltid ut över arbetskamraterna och var bara irriterande.

Emma drar sig till minnes att hon sett en reklam på teve om någon sajt man kunde gå in på för att börja släktforska. Hon blir intresserad och söker på nätet och hittar företaget. När hon går in där inser hon att det inte är gratis, men tycker ändå att det är okej och skaffar sig ett konto, för att börja sin utforskning.

Mamma Gudrun Viktoria Lagergren hade endast varit 18 år när flickorna föddes och det fanns inga uppgifter om vem fadern var. Tänk att vara så ung och föda fram två välskapta flickor i en komplicerad och säkert arbetsam förlossning och sedan själv avlida efter två dagar. Världen är grym tänker Emma, både mot vår mor och oss. Hon satt nästan och blev förbannad att hon inte tagit kontakt med systern tidigare, då hade det inte känts så konstigt att träffas nu. De hade nästan ett helt människoliv emellan sig. Det var nog ren rädsla som gjort att hon inte vågade ta kontakt med Lina tidigare. Nu var det Lina som tagit första steget. Emma hade fått ett fotografi på sig och sin nyfödda tvillingsyster. Hon vet precis var hon lagt det, i en liten låda på hyllan i hennes garderob. Hon tar fram det och sitter länge, begrundar bilden och låter tankarna flöda. De ligger hårt lindade i en säng för nyfödda. Emma antar att Lina också hade fått samma bild. Där står deras namn och datum för födelsen och dopceremonin som hölls på sjukhuset en vecka efter deras födelse. Emma antog att det varit sjukhuspersonal som gett dem deras namn. Båda flickorna hette Viktoria i andra namn efter deras mor. Kortet måste ha följt med när adoptivföräldrarna hämtade Emma. Bakpå bilden finns även en stämpel, knappt läslig, där det står «Karlsdals mödrahem». Fotografiet är det enda Emma har som kan verifiera var och när hon föddes.

Mamma Gudrun hade själv blivit fosterhemsplacerad, när hon föddes 1936, direkt utkastad i sin första fosterfamilj i Stockholm. Detta kunde Emma utläsa från ett utdrag från barnavårdsakten. Det verkade som om de inte kunnat ta hand om henne någon längre tid utan därefter blev hon lämnad till en annan familj i Karlstad. Noteringen i kyrkböckerna från 1939, visade att hon kom till en familj Lagergren i Karlstad på hösten, i september precis när andra världskriget bröt ut. Karlstad ligger inte långt från Norge, så där kände man nog av kriget ganska mycket, tänkte Emma, när hon läste vidare på «Ancestry».

Hennes mor hade fått vara med om två uppbrott redan i sitt 3-åriga liv. Makarna Lagergren hade varit tämligen gamla, när de tog hand om Gudrun, så modern Anna var redan död när Gudrun skulle föda sina barn och pappan, Gunnar, verkade bo på ålderdomshem eller liknande, vid den tiden. De hade emellertid adopterat Gudrun, så hon fått deras namn. Nu går tankarna runt i huvudet på Emma, när hon tar in all den här informationen. Undrar hur mycket hennes mor fått utstå under sin korta levnad. Vara oäkta barn på den här tiden kan inte ha varit lätt och dessutom bli gravid utan att vara gift. Hon förstår nu varför morföräldrarna inte kunnat ta hand om Gudruns tvillingflickor, men fanns det då ingen annan i släkten? Emma letar vidare och får fram att paret Lagergren har en förståndshandikappad son född 1930. Sinnesslö som det stod i akten.

Emma tar en fikapaus och tittar ut över träden på Skårs allé som vajar friskt i den hårda vinden. De har varnat för stormbyar. Som vanligt är blåsten ett större problem än snön på vintern i Göteborg. Emma tänker att det vore säkert annorlunda om hon fortsatt sitt liv i Hagfors. På senare år vet Emma bara om en enda gång hon varit i Hagfors och det var när de hade en kick-off för sjukgymnaster och arbetsterapeuter i början av 80-talet. På den tiden då man fortfarande hade sådana tillställningar inom Landstinget. Systern Lina blev kvar i Hagfors, på en stor gård på landet. Systrarnas uppväxt skiljde sig säkert på flera sätt. Det här måste hon forska vidare i och nu hade hon ju även Lina att tillgå. Även om deras första träff varit spänd och konstig, inser Emma att hon borde hålla kontakten.

Kapitel 3

Emma tar fram Linas mejl och stirrar en stund på den upplysta skärmen, innan hon bestämmer sig för att skriva till henne. Hon vill så gärna få till en ny träff. En underlig känsla sitter i magtrakten, hon vet ju fortfarande inte varför Lina tagit kontakt med henne. Det här vill hon utreda. Hon skriver några korta rader:

Hej Lina. Har du lust att träffas igen? Skulle så gärna vilja prata mer med dig. Kan vi träffas på lördag den 14:e klockan 13.00 på restaurang Cicero på Linnégatan och äta lunch? Lämnar mitt telefonnummer så du kan ringa. Hon avslutar kort och gott «Emma».

Hoppas hon svarar, tänker Emma och hostar vidare. Influensan börjar ge sig. Det känns jobbigt att bara sitta hemma och vänta på att bli frisk. Ute blåser det hårt. Emma har ingen lust att gå ut, hjärnan jobbar. Göran kommer hem från jobbet. Kastar in portföljen och går snabbt och byter om till träningskläder.

– Jag ska spela innebandy med grabbarna,
ropar han uppifrån sovrummet

– Jamen, ska du inte äta något först, säger
Emma.

– Nej, det hinner jag inte. Vi har hallen från
klockan sex, så jag måste skynda mig.

Emma blir besviken, här har hon suttit ensam
hela dagen och är verkligen sugen att få prata
om sina systertankar.

– När är du hemma då, ropar hon när han
springer ut till bilen.

– Åtta, ropar han tillbaka, smäller igen bil-
dörren och åker iväg.

Emma tillbringar kvällen framför teven. Hon
vill bryta alla sina tankar med något helt an-
nat. Tittar på «Vem vet mest» och inser att hon
nog är ganska allmänbildad. Hon svarar rätt
på nästan alla frågor.

Dagen efter är det lördag och Emma kän-
ner sig piggare. På lördagarna brukar Göran
och hon äta långa frukostar med ägg, mackor,
yoghurt och frukt och avsluta det hela med
kaffe och någon sötsak. Emma öppnar kylskå-
pet och ser att där är verkligen tomt. Det får
bli en enkel frukost, med te och några hårda
mackor med salami, där datumet gått ut för

en vecka sedan. Idag är första dagen på en vecka som hon känner hunger. Emma inser att de behöver storhandla.

– Har du lust att följa med till ICA och storhandla? Vi behöver bunkra upp i skåpen ser jag. Det är så skönt om du följer med, det går mycket snabbare då. Jag hatar att gå i mataffärer och dessutom med min hosta.

– Jag kan åka själv, så slipper du, kontrar Göran.

– Det är snällt av dig, men jag behöver nog komma ut och se något annat än de här väggarna. Dessutom är du ju inte så bra på att handla, he...he.

– Vad är det här för påhopp, muttrar Göran och reser sig från bordet.

– Jag ska bara duscha sen kan vi åka, ropar Emma som redan är på väg upp till duschen på övervåningen.

De åker gemensamt ut till ICA Maxi. Emma har gjort en lång inköpslista. När de kommer in i butiken tittar de på varandra och Göran säger

– Å varför har vi inte börjat med scanning? Då skulle det gå mycket fortare.

– Jag vet, men jag har inte orkat ta tag i det. Varför har inte du det? Är det för att du inte handlar så ofta, kanske, säger hon med ett pillimariskt grin.

– Nej vi tar det en annan gång, nu kör vi, säger Göran och drar iväg med kundvagnen. När de kommer till grönsakerna, får Emma syn på någon hon känner igen. Hon buffar på Görans arm och nickar åt potatishörnan.

– Pst, där är ju Lina min syster, säger Emma.

– Vad säger du? Viskar Göran och vänder sig hastigt för att se.

Emma ser att Lina inte är ensam. Hon har med sig en tjej i 20 års åldern. Kan det möjligtvis vara en dotter? Emma tar mod till sig och går fram till Lina. Nu vill hon inte missa chansen att få kontakt med henne. Göran står lite avvaktande kvar bland gurkor och tomater. Emma klappar Lina lite lätt på ryggen som vänder sig om.

– Hej, säger Lina och ler. Handlar du också i den här affären?

– Ibland, svarar Emma och ler tillbaka.

– Det här är min yngsta dotter, säger Lina och puffar fram dottern så hon närmar sig Emma.

– Hon sträcker fram handen och säger, Sofie, och vem är du?

Emma och Lina tittar på varandra och Lina säger:

– Det här är min syster Emma, som jag berättade om att jag träffat för några veckor sedan.

– Ja, det borde jag förstått, svarar Sofie. Ni är verkligen lika.

Emma vinkar åt Göran att komma och raskt hoppar han fram och sträcker fram handen till Lina och presenterar sig. Därefter till Sofie, efter att ha lagt ner en påse avokado i kundvagnen.

– Trevligt att träffas, säger Göran, jag antar att det här är Lina? Ja, det går då inte att ta miste på att ni är släkt, säger han med ett leende. Är du en dotter? tittar han menande på Sofie.

– Ja, svarar hon lite blygt.

– Fortsätt att prata ni, så kan jag ta listan och fortsätta plocka varor, Göran vänder sig till Emma och tar listan ur hennes hand.

Emma tittar ner i Linas kundvagn och ser att där ligger några få varor med extraprislappar på och några med Icas eget varumärke. Sofie börjar plocka potatis i en påse. Emma frågar om hon fått hennes mejl och om det kan passa att de lunchar ihop nästa lördag.

– Jag har sett ditt mejl och vill gärna att vi träffas. Bor du här i närheten?

– Nej inte direkt, men vi brukar åka hit när vi ska storhandla. Vi bor på Skårs allé i Örgryte, svarar Emma. Var bor du?

– Jag bor i Västra Frölunda, svarar Lina och tittar ner i golvet. Hon inser att de lever i olika världar. Jag måste skynda mig nu, så vi hinner med nästa buss in mot stan. De går ju inte så ofta på lördagar. Det ska bli trevligt att träffas på lördag, säger Lina vinkande och rusar vidare tillsammans med Sofie.

Emma blir alldeles varm inombords och går vidare för att se vart Göran befinner sig. Hon nästan hoppar fram i affären och känner sig upprymd över att igen fått kontakt med systern. Den här gången verkade hon mer välvilligt inställd till ytterligare kontakt. Emma går planlöst omkring innan hon hittar Göran vid bröddisken. Göran plockar i flera franskbröd i vagnen, då Emma protesterar:

– Det är inte nyttigt med vitt bröd, det vet du ju?

– Jamen det är gott, brummar han och håller handen över brödet, som hon absolut inte får plocka ur vagnen.

– Vad kul att träffa Lina igen, vi ska träffas på lördag och luncha ihop, kvittrar Emma, som nu tappat fokus på inköpen.

– Nej, nu får vi lägga in en högre växel, så vi får det här avklarat, säger Göran och drar vidare med kundvagnen.

De går snabbt vidare till köttdisken och köper köttfärs och fläskkotletter. Emma raskar vidare mot ostdisken och plötsligt försvinner hon i folkmängden. Göran ser sig omkring men antar att hon gått vidare i affären. Göran handlar det sista på listan och går ut mot kassorna. Stannar till vid toapappret och kommer på att det nog nästan är slut. Mobiltelefonen ringer

– Du måste komma fort, viskar Emma

– Du bara försvann, var är du?

– Jag ligger på golvet framför ostdisken och här är massor av folk, så pinsamt.

Göran ilar med snabba steg och där ligger hon som en «padda». Varför reser hon sig inte, tänker han.

– Hur är det gumman? Kan du inte resa dig?

– Jag halkade på något, har jätteont i benet.

Bakom henne ligger ett kladdigt bananskal.

– Ta tag i mig nu, här kan du inte ligga säger Göran och drar upp henne.

Emma har så ont i benet och kan inte stödja på det. Hon får hålla sig i kundvagnen och hoppa på ett ben, när de i sakta mak tar sig till kassorna.

– Vilken tur att jag inte var ensam, då hade jag inte tagit mig härifrån, jämrar Emma

När de sätter sig i bilen, börjar Emma att störtgråta.

– Har du så ont, frågar Göran.

– Ja, snyftar Emma. Det gör helvetiskt ont och titta på benet, det börjar bli alldeles mörkt. Jag tror jag brutit sönder något.

– Vi kör direkt till akuten, säger Göran beslutsamt.

Det är tät trafik och Göran gör en hastig U-sväng för att styra vidare mot Sahlgrenska.

Emma jämrar sig. Göran koncentrerar sig på trafiken och kör så fort han kan. Han tycker det är märkligt att Emma beklagar sig så. Han har alltid tyckt att hon varit så smärttålig. När hon födde deras barn var hon inte ens lite kinkig. Hon var så koncentrerad på uppgiften. Var varken orolig eller beklagade sig över smärtorna.

Februarimörkret sänker sig sakta och temperaturen ligger nära 0. Emma tycker allt sämre om vintern, för varje år som går. Kanske är det åldersrelaterat, tänker hon. När man var liten var det roligt med snö och skidåkning. Att göra snögubbar och leka snöbollskrig. Nu är det mer förknippat med kyla och obehag. Hon sitter och drömmer sig bort, för att inte fokusera på smärtan. Hon tänker på Spaniens solkust och känner att det nog inte skulle vara så dumt att bo där på vintern. Slumrar till, som en reaktion på anspänningen. Mötet med Lina och det förödande fallet i affären. Det kändes så pinsamt att bara ligga där. Flera personer kom och ville hjälpa henne, men i all pinsamhet ville hon ändå vänta på Göran. Hon visste ju inte om hon skulle kunna stå upp utan stöd. De närmar sig Sahlgrenskas akutintag och Göran stannar till. Han går först in för att höra om de kan ta emot henne direkt. En sköterska meddelar att det är lång kö, men att de ska ta hand om Emma så fort de kan. De mest akuta fallen måste gå först. Man har ingen «gräddfil» för att man jobbar på sjukhuset. Det är olyckans art, som är avgörande hur snabbt man får komma in, säger sköterskan. Kanske kan en läkare titta lite snabbt för att skicka henne till frakturmottagningen, för det är nog dit hon ska konstaterar sköterskan, när Göran «baxar» in henne i väntrummet.

Väntan är lång, Emma får en smärtstillande spruta medan de väntar och får lägga benet högt. Det har inte svullnat så mycket, men är nu alldeles blåsvart på framsidan av underbenet. Emma kommer ihåg en gång då hon var 8 år och fick en spricka i vänster arm när de hoppade runt i en grusgrop. Det hade gjort fruktansvärt ont och hon hade cyklat hem med armen tätt tryck mot kroppen. Då hade hon fått åka till sjukhuset och fått armen gipsad i 4 veckor. Undrar hur det här kommer att bli, funderar hon. Göran försöker distrahera henne med småprat om oväsentliga grejer. Efter två timmars väntan säger Emma
– Nu har väl våra djupfrysta grejer i bilen börjat tina. Det kanske blir förstört?
– Ä, det är så kallt ute att det nog inte är någon fara. Men om du kan vänta här själv så åker jag hem med maten och kommer tillbaka sedan.

– Ja, det kan du göra. Här gör du ingen nytta i alla fall om du inte är gipskunnig, flinar Emma.

– Ok, jag gör så.

– Glöm mig inte utan kom tillbaka!

– Ja, vi får väl se om jag hittar något intressantare efter vägen, kontrar Göran och blinkar med ögonen. Han ger henne en lätt puss på pannan och är sedan borta.

Emma plöjer igenom den ena skvallertidningen efter den andra. Hon är nu helt införstådd med allt som rör sig i den kungliga familjen och även Brad Pitt och Angelina Jolie har hon stenkoll på.

Äntligen ropar en sköterska upp hennes namn och hon får förflytta sig, stödd på kryckkäppar, till ett behandlingsrum. En ung snygg läkare dyker upp i rummet. Han ställer en del frågor och säger ganska snart att hon måste röntgas och att det troligen är brutet, eller i alla fall någon spricka i benet. Därefter blir hon körd i rullstol till frakturmottagningen. Röntgenundersökningen gör ont i och med att de vill lägga benet rätt och i olika vinklar för att ta alla bilder. Hon stönar och svetten lackar i pannan. En röntgenläkare konstaterar, efter ytterligare en timmes väntan, att benet är helt av strax nedanför knät och det måste gipsas.

Sköterskan jobbar snabbt och skickligt. Hela underbenet är snart i ett kornblått fint hårt gipsbandage. Göran kommer inspringande i rummet när de börjar vara klara. Personalen berättar att benet är helt av och att Emma måste ha gipset i minst sex veckor. Nu känns allt bättre och med hjälp av Diklofenak och Görans hjälpande hand traskar de ut från sjukhuset.

Kapitel 4

Gipset skaver. Det är så otroligt otympligt att gå omkring med det stora paketet, som dessutom är riktigt ofräscht efter tre veckors släpande. Emma ser hur det stackars benet blir allt smalare och gipset ser ut att vara en storlek för stort. Hon kan nästan få ner två fingrar mellan benet och gipset. Som sjukgymnast vet hon att det kommer att ta lång tid att få tillbaka stabiliteten och musklerna i benet. Men hon kan ju inte gå omkring och oroa sig för allt. Det är bara att ta det lugnt.

Hon är igång på jobbet på halvtid. Hon kan inte hantera patienter ännu, men däremot har hon tagit tag i allt pappersarbete som blivit liggande. Ett projekt om benskörhet som hon började med för ett halvår sedan har legat på is. Hon ska försöka få rapporten klar. Den bygger på den rehabiliteringsträning de jobbat med för bensköra patienter. De har samarbetat med ortopeder och dietister. Arbetet har gått ut på att stärka personer, oftast kvinnor, med benskörhet så de kan leva ett normalt liv och inte vara rädda för att ideligen bryta sönder sig. Karin Nilsson på hennes avdelning har varit en vapendragare vad det gäller projektet, men hon har inte tid nu eftersom hon fått jobba med Emmas inbokade patienter under de här veckorna. Emma är stolt och glad över det fina samarbete de har på avdelningen och känner sig mycket priviligierad. Ivan Eretz, ortopedläkaren från avdelning 32, har varit skeptisk till projektet, då han tycker att det inte bygger på vetenskapliga grunder. Ett «mischmasch» som han uttrycker det. Han tycker dels att de har undersökt för liten population och under för kort tid för att kunna dra några vetenskapliga slutsatser. Emmas motargument har då varit att be ledningen om längre tid för projektet. Det är väl inte svårare än så? I själva verket tycker hon att det redan dragit ut på tiden och vill gärna avsluta det. Å andra sidan är hon mån om att lämna ifrån sig ett bra arbete. Emma är i färd med att avsluta rapporten om Sonja 67 år, som brutit lårbenshalsen och haft en lång rehabilitering. Hon är nu satt på sträng diet och hård träning på sjukhusets rehabgym. Resultatet ser ut att bli bra. Sonja är nöjd, även om hon grymtar ibland, men personalen som jobbar med henne är glad över hennes framsteg.

Emma har efter sitt benbrott givetvis även funderat på om hon själv är benskör. Hon tycker det är märkligt att bryta benet helt av endast av en halkningsolycka på ett plant golv. Hon borde nog testa sig. Hon kanske borde börja medicinera. Hon vet att det är viktigt med D-vitamin och att röra sig kontinuerligt. Hon har alltid gillat att vara utomhus och röra på sig, så hon borde inte vara i riskzonen.

Emma tittar ut genom fönstret. Så här på femte våningen har man inte direkt någon fin utsikt. Hon ser dock en klarblå kall februarihimmel samt några förirrande fåglar som kretsar omkring. Inte många fåglar vill stanna kvar i vår kalla nord, tänker hon och börjar fantisera om en resa till sydligare breddgrader. Det vore inte dumt med lite värme, tänker hon. Därefter flackar tankarna vidare till Lina. Att de skulle stöta ihop på ICA. Göteborg är ju stort, tänker hon. Jag tror det betyder något. Inte för att Emma är fatalist, men det här känns märkligt. Kanske det ändå är ödet, tänker hon. Hon känner sig upprymd över tanken att få lära känna Lina mera och på något sätt återkalla den lite diffusa barndom som hon haft. Visserligen kom inte tankarna om hennes ursprung på allvar förrän hon var i tonåren.

Klockan närmar sig ett och det är dags för Emma att dra sig hemåt. Hon har med sin olycksfallsförsäkrings hjälp kunnat utverka att få åka taxi till och från jobbet, då hon har svårt att köra bil eller ta sig till spårvagnen. Bussen är än värre, eftersom det är ett högt steg att kliva in på. Hon tar på sig kappan och med kryckornas hjälp tar hon sig till hissarna och åker ner i vestibulen. Hennes taxi är redan framkörd och hon kommer hem på 15 min. Ahmed kör fort och lätt mellan filerna och lämnar henne alldeles utanför porten.

Hon känner sig hungrig och funderar på vad hon ska äta, medan hon rafsar runt i den djupa handväskan för att hitta sina nycklar. Som vanligt har de hamnat längst ner på botten. Det är dilemmat med djupa väskor. Väl inne i köket sätter hon sig på en köksstol, vänd mot kylskåpet, och öppnar det med hjälp av kryckan. Hon ser in i det välfyllda skåpet, men kan inte besluta sig vad hon ska ta. Ska hon göra en omelett eller bara värma några korvar med bröd. Något hon är väldigt förtjust i, men endast äter när hon är ensam hemma. Kokta smala korvar med grova korvbröd och stark senap, lite ketchup och absolut skivad smörgåsgurka på. Måste kolla om det finns korvbröd i frysen, tänker hon och sliter upp dörren till frysskåpet. Hon hittar i tredje lådan två korvbröd insnurrade i en stor plastpåse. Hon tar fram dem. Värmer korvarna, mikrar bröden och gör sin korvmåltid, bestående av två korvar med bröd plus tillbehör samt tre små fina körsbärstomater och ett glas lättöl. Hon tycker det smakar ljuvligt. Bläddrar i dagens tidning, som Göran låtit ligga kvar på köksbordet uppslagen på mitten. Hon läser en lång artikel om en brand i en godisaffär på Hissingen. En kurdisk familj driver den och har antagligen blivit utsatta för ett rasistiskt hatbrott, tänker Emma, samtidigt som hon tuggar i sig korvarna. Tänk att det inte finns någon ände på alla dessa brott mellan framförallt invandrargrupper, men även mellan göteborgare och nysvenskar. Varför kan inte folk hålla sams är Emmas enkla tanke medan hon läser vidare. Med stor möda tar hon sig upp till andra våningen, för att byta till mer bekväma kläder. Hon känner sig trött och märker att konditionen inte är den bästa, nu när hon inte kunnat jogga eller ta promenader. Hon lägger sig på sängen och gör lite övningar med benen, samt rullar runt med fötterna för att få igång blodcirkulationen. Hon gör även sit ups och går upp i brygga med vissa svårigheter och passar samtidigt på att göra knipövningar. Hon vill inte bli sladdrig i underlivet. Det är så många som lider av inkontinens och det vill hon förhindra. Sexlivet är också viktigt i ett förhållande och hon vill hålla sig fräsch så länge som möjligt. Hon har börjat ta östrogentabletter vaginalt för att hålla slemhinnorna i fin form. Många är rädda för östrogen, men i den lokala behandlingsformen har hon blivit övertygad om att det inte är farligt. Hon tycker det är viktigt att ta vara på sin kropp. Man har bara en och endast ett liv och det har man ansvar för, är hennes mening. Hon älskar sin Göran och vill fortsätta ha ett bra liv med honom.

Kapitel 5

Emma vaknar tidigt med en gnagande huvudvärk. Hon känner sig spänd och lite obehaglig till mods. Idag ska hon träffa Lina igen. Varför känner hon sig orolig? Hon sätter sig upp på sängkanten, reser sig sakta med en suck. Går in i badrummet, kan inte duscha med gipset utan tvättar sig grundligt med hjälp av tvättlappar. Gud, vad hon längtar efter en riktig dusch. Efter den omständliga proceduren tar hon på morgonrocken och går ner i köket. Göran sover fortfarande. Emma plockar fram frukostmat och kokar några ägg. Hon hämtar tidningen och sätter sig vid köksbordet. Hon läser i tidningen om de rumänska tiggarna och funderar över hur olika förutsättningar vi människor har i livet. Det gäller även för Emma och hennes syster. Lina verkar inte ha det så förspänt ekonomiskt, men verkar ändå tillfreds på något sätt, tänker Emma. Göran kommer lunkande ner för trappan och undrar varför Emma är uppe så tidigt. Hon förklarar att hon inte kunde sova längre och hade ont i huvudet.

Det känns bättre nu när hon ätit. Hon berättar att det är idag hon ska träffa Lina igen och att hon nog är lite spänd inför mötet. Göran tycker att hon haussar upp hela situationen och menar att hon måste avdramatisera det hela. Emma ruskar på huvudet, reser sig och går uppför trappan för att klä sig. Hon står länge och tittar i garderoben. Funderar länge på vad hon ska ta på sig. Ska det vara avslappnat eller lite uppklätt? Hon beslutar sig för att ta ett par äldre svarta jeans som inte är så tajta. De måste kunna gå över gipset. En vit blus och den nya rosa koftan med vita kanter som hon köpte för några veckor sedan. Den är Diorinspirerad med klädda knappar. Fräscht men inte uppklätt.

Förmiddagen går i snigelfart, men snart är det dags att ta sig till restaurang Cicero. Göran skjutsar henne. Det är småregnigt. Inte speciellt kallt, men som vanligt blåsigt och ruggigt. Hon kliver in i restaurangen och inser att hon är lite tidig. Hon sätter sig vid ett bord och väntar. Lina kommer inspringande efter en stund.

– Puh, vilket skitväder, säger hon och tar av sig sin blöta parkas.

– Hej, säger Emma och ger henne en hastig kram.

– Vad har du gjort med benet?

– En halkolycka, brutet ben, svarar Emma kort.

Emma känner sig nästan generad. De sätter sig och Lina börjar ivrigt berätta att hennes liv är väldigt rörigt just nu. Hennes sambo är på väg att flytta. Han har träffat en yngre kvinna och Sofie ska åka till Norge för att jobba ihop pengar till en långresa. Lina tror att det kommer att bli ensamt. Hon bekymrar sig även för om hon har råd att bo kvar i lägenheten eller måste kanske flytta till något mindre. Emma blir verkligen förvånad över hur lätt Lina har att prata idag. Orden liksom rinner ur henne. Det känns befriande även om det är jobbiga händelser hon berättar om. Emma tänker att hon inte är lika spontan och öppen som systern. De får in sin mat och Lina fortsätter att berätta. Lina berättar att hon jobbar i matbespisningen på Björkåsskolan. Har ont i ryggen och armarna av allt bärande av tunga kantiner och att hela dagarna gå på hårda golv. Hon vet inte hur hon ska orka fram till pensionsdagen. Lina berättar vidare att hon fött sex barn.

– Ett av mina barn Simon dog som 9-åring i leukemi. Emma du ska veta att det är nog det värsta man kan vara med om, att ens barn dör, säger Lina och tittar rakt in i Emmas ögon.

Emma blir så rörd att hon känner ögonen vattnas och hon vet inte vart hon ska titta. Skäms att hon är så blödig. Hon förstår att familjen betyder allt för Lina. De har bara träffats här i fem minuter och på den korta stunden har Lina berättat nästan hela sin livshistoria.

Efter att Lina har pratat om barnen i säkert en halvtimme, tittar hon ner på tallriken och inser att det inte är många bitar hon fått i sig. Maten är nästan kall. Emma har mest varit tyst och lyssnat, för hon har blivit verkligt nyfiken på att höra om systerns liv. De beställer in kaffe och italiensk glass till efterrätt. Det är inte många gäster i lokalen. De gör sig ingen brådska med att avsluta måltiden. Lina fortsätter sin historia. Hon berättar att hennes första man dog för trettio år sedan. De bodde då i Värmland och mannen dog i cancer. Lina blev då ensam med tre små barn och inget jobb. Hon hamnade så småningom i Göteborg och fann en ny man som hon sedan fick Arvid, Simon och Sofie med. Emma märker hur huvudvärken smyger sig på igen och känner sig tung i hela kroppen. Hon sitter tyst och tittar på Lina. En sorg rinner liksom över henne när hon tänker på Linas arbetsamma och känslomässigt tunga liv. Hon tycker ändå att Lina verkar stark, trots allt.

– Hur kommer det bli nu då, när din sambo flyttar? undrar Emma

– Jag är nog färdig med karlar nu, säger hon med glimten i ögat. Ska försöka tänka på mig själv nu, konstaterar hon insiktsfullt.

Det blir en lång måltid. Emma och Lina har kommit ett steg närmare varandra trots att Emma inte berättat något om sig själv. Emma är verkligen förvånad över Linas spontanitet. Hon som verkade så avog mot henne vid första mötet. De bestämmer att träffas hemma hos Emma snart igen.

– Lycka till med benet, säger Lina när hon går mot dörren.

– Tack!

Kapitel 6

Linas livsväg hade varit minst sagt krokig. Hon blev utplacerad i en djupt religiös familj, där det rådde många regler och förbud. Familjen hade varit trygg, men kärlekslös. Inte att Lina gått omkring och tänkt att hon haft en svår uppväxt, men man tog inte i varandra och det fanns inget knä att krypa upp i. Hon fick äta sig mätt varje dag och hade kläder på kroppen, men aldrig något extra. Familjen brukade en gård. De hade några kossor och grisar och en förhållandevis stor äggproduktion. De hade höns som bodde i små trånga burar. Lina tyckte synd om hönorna. Grisarna fick minsann gå fritt i sina bås och kossorna fick gå ut på sommaren. Lina tyckte om att vara bland djuren. Hon hade också en egen katt, som hon gosade med. Den fick inte bo inne i huset, vilket Lina var mycket ledsen för. Hon ville ha sin katt i sängen och mysa med. Nej, katter de får hålla sig i ladugården, tyckte modern. När Lina var 15 år tog hon mod till sig och pratade med mor Ingegerd om sitt ursprung. Hon hade tänkt på det länge, men eftersom familjen aldrig pratade om Linas härkomst, förstod hon att detta var tabu. Lina var som vilken tonåring som helst, som hade en oro i kroppen och känslorna åkte berg och dalbana. En lördagseftermiddag, efter att de varit i Sunne och handlat, tog hon sats och frågade sin mor.

– Mor, hon fick inte kalla henne mamma, kan du berätta något om min riktiga mamma och min syster? Vet du något om dem?

– Jag vet inte så mycket, men du har en tvillingsyster som heter Emma och hon hamnade i en familj i Sigtuna. Din biologiska mor, sa Ingegerd och harklade sig, hon dog i samband med att ni föddes. Det var därför ni blev bortadopterade. Men det är historia, det behöver vi inte prata om nu. Du har det väl bra här hos oss och Gud vakar säkert över din mor i himlen.

– Men, säger Lina med darr på rösten, pappa då var fanns han?

– Jag vet inte vem som är din far. Jag vet inte vem din mamma varit i lag med. Hon verkade inte så nogräknad, vad jag kan förstå.

– Lina studsade av upprördhet. Inte kan du säga så om min mamma. Du har ju inte ens träffat henne.

Far Anders kommer in i köket där de sitter och samtalar.

– Det var väldigt vad här ser allvarligt ut? Vad pratar ni om?

– Inget särskilt, säger Ingegerd och blänger på Lina, så hon förstår att vara tyst.

Linas grubblerier blir bara ännu större efter den här dagen.

På söndagarna är Lina med sina föräldrar i Pingstkyrkan för att höra Guds ord, som mor Ingegerd brukar säga. Dessa möten är ibland skrämmande för Lina. Hon förstår inte när folk blundrar och börjar prata konstigt och ibland skrika. De kommer liksom i extas, blir annorlunda, skrämmande. Däremot tycker Lina om när de sjunger Pärleporten och andra sånger. Då verkar alla mycket gladare. I familjen fanns också en son Kenneth. Han var 5 år äldre än Lina. De hade inte speciellt mycket gemensamt. Lina kände tidigt att han stod i en klass för sig i familjen. Han blev respekterad och när han pratade lyssnade både far och mor. När Lina ville berätta eller prata om något blev hon ofta nedtystad. Så här i vuxen ålder kan Lina ändå inte säga att hennes barndom varit hemsk. Hon hade lugnet på landet, alla djuren och en pojkkompis som hette Rune och de hade alltid så roligt tillsammans. De åkte skidor och skridskor på vintern. På somrarna cyklade de omkring på stigar i skogen och badade i den lilla sjön Multen som bara låg tio minuters cykelväg från gården.

Lina hade länge funderat på hur hon skulle kunna ta kontakt med systern. Undrade hur lika varandra de var. När Lina vid ett senare tillfälle tagit upp ett samtal med modern, om Emma, fick hon till svar att det inte var någon idé att ta kontakt. Hon visste att familjen bodde i Sigtuna och att de inte var en gudfruktig familj, som hon uttryckte sig.

– Gudfruktig vad är det frågade Lina. Är det Gud som äter frukt? Modern blev svart i ögonen och säger med sträng röst

– Häda icke, flicka! Det var bara för Lina att lägga ner diskussionen.

Lina var duktig i skolan, men föräldrarna tyckte inte att det var någon idé att satsa på en utbildning. Hon skulle ju gifta sig med en bonde eller ännu hellre en pastor, tyckte modern. Kvinnans roll är att ta hand om man och barn, menade Ingegerd. Lina hade drömmar om att bli småskollärare. Hon tyckte själv att skolan var rolig och hon hungrade efter att ständigt lära sig nya saker. Lina slutade gymnasiet med fina betyg, men där tog det stopp. Att fara till Karlstad eller någon annan stad för att studera på universitet var otänkbart i hennes familj.

När Lina var 18 år träffade hon sin förste man Bengt. Han var fyra år äldre och var son i en granngård. De träffades lite i smyg. Lina förstod att även om han var bondson, men inte tillhörde någon kyrka, skulle han inte bli accepterad av familjen. Lina var verkligen kär och det bubblade i hela henne när de träffades i smyg på höskullen. De hängde ihop och föräldrarna förstod nog att de hade ett förhållande, men som vanligt så höll man tyst. Det man inte såg, det fanns inte. Det gick som det gick och efter några år var Lina gravid. Då fanns bara ett att göra och det var att gifta sig. Så fick det bli. Ett snabbt bröllop i prästgården. Bengt ville absolut inte bli vigd av en pingstpastor. Lina var nu ganska rund om magen och det gick inte att ta miste på vad som var på gång. Lina var emellertid lycklig och såg fram emot barnet och Bengt var en bra man. De flyttade in i på hans föräldragård i Lillstugan. Hon gjorde så fint med blå gardiner i vardagsrummet och den stora sängen i sovrummet kändes lyxig. I fönstren ståtade diverse blommande växter. Lina hade verkligen gröna fingrar. Hon trivdes med att vara mamma till lilla Kristina och det dröjde inte länge förrän det var dags igen. Två år senare föddes tvillingarna Jens och Jörgen. Nu hade Lina fullt upp. Livet handlade mycket om barnen och gården. Ingen tid för sig själv, men Lina var nöjd.

En måndagseftermiddag kommer Bengt in från arbetet på gården och säger att han har så ont i ryggen och svårt att andas. Lina ser att han är blek och lider av att inte kunna röra sig. Han går och lägger sig och Lina lovar att sköta djuren på kvällen. Hon tar kontakt med svärföräldrarna som också blir oroliga. De har sett att Bengt gått omkring med svår hosta under en längre tid. Nästa dag är Bengt så svag och har mycket hög feber, att Lina ringer efter ambulans. De tar honom till Karlstad och där blir han liggande kvar. Lina får sköta djuren och tar med barnen till ladugården medan svärfadern sköter utesysslorna.

Lina vill även hinna med att besöka Bengt på sjukhuset men det är svårt. Svärmodern är inte så intresserad av att vara barnvakt. Nu kommer en mycket tuff tid i hennes liv. Efter sex veckor på sjukhuset är Bengt död. Lung-cancer som satt så illa till att det inte gick att operera. Lunginflammationerna avlöste var-andra och de sista fem dygnen var han inte kontaktbar. Lina står nu ensam med tre barn och vet inte om hon får bo kvar på gården när hon inte kan vara en fullgod arbetskraft. Nu blir det en känslomässigt svår tid för Lina, nu gäller det att klara det praktiska i livet. Be-gravningen och bouppteckningen. Förhållan-det med svärföräldrarna är inte det bästa och hon inser att hon inte kan bo kvar på gården, hon behöver ha ett jobb. Av sina föräldrar får hon inte mycket stöd. Jo, de tar hand om bar-nen ibland, men då tutar de barnen fulla med Gud och Jesus, på ett sätt som Lina inte tycker om. Efter Bengts död har Lina försökt att få lite stöd från Gud. Hon ber små böner ibland. Hon önskar att Bengt ska ha det bra och hon ska få kraft att fortsätta sitt liv.

Ett halvår efter Bengts död flyttar Lina till Göteborg, där hon får jobb i köket på ett ålderdomshem. Barnen är nu 6 och 8 år. Jens och Jörgen börjar på lekskola och Kristina andra klass i skolan. Lina flyttar till en tvårumslägenhet i Angered. Tufft ekonomisk, men Lina är påhittig och köper mat på extrapris, lagar barnens kläder och kämpar på. På ålderdomshemmet jobbar en manlig sjuksköterska, Magnus, som Lina förälskar sig i. Lina är så imponerad av att en man har ett vårdande yrke och väljer att jobba med åldringar. De få manliga sjuksköterskorna hon hört talas om är operationssköterskor eller jobbar på akuten. Magnus och Lina träffas i Linneförrådet och har små guldstunder. Deras förhållande utvecklas till någonting mer och de flyttar ihop i Västra Frölunda och ganska snart kommer Arvid till världen. På fem år växer Linas familj med ytterligare två små varelser, Simon och Sofie. Efter alla barnledigheter byter Lina jobb och börjar som mattant i bespisningen på Björkåsskolan. Den ligger i närheten där de bor, så vardagslivet blir lite enklare att hantera. Med 6 barn och vara låginkomsttagare är det ingen dans på rosor. Magnus är dock en bra man som tar stort ansvar för barnen, men det finns inget utrymme för några extravaganser. De bor trångt, men på somrarna har de möjlighet att låna ett hus på Styrsö, där de kan leva ett friare och lantligare liv. Det är Magnus fasters hus, som Magnus släktingar nu turas om att använda och vårda. Där ute kan barnen leka fritt och bada. Magnus tar dem ofta med på krabbletning. De fångar små krabbor med håvar i vattenbrynet.

Simon, nummer två i den andra syskonskaran, var en liten och blek pojke. Go och glad, men hade inte så mycket energi. Det visade sig vid 5 års ålder att han hade leukemi. En mycket tuff behandling påbörjades. Simon bodde oftare på sjukhus än hemma. Man försökte med olika behandlingar bl a med benmärgstransplantation, men utgången blev ändå det mest tragiska. Simon avled en sommardag 1995. Lina var helt förkrossad. De andra barnen växer upp och nu är endast Sofie kvar hemma. En kväll i slutet av februari, släpper Magnus bomben.

– Jag vill skiljas. jag har träffat en annan kvinna!

Kapitel 7

Efter lite mejlande fram och tillbaka kommer systrarna fram till ett datum att träffas igen. Emma tänker bjuda Lina på middag hemma, så de kan sitta i lugn och ro och prata. Emma funderar på vad hon ska bjuda på. Hon är väl inte världens bästa kock, men lyckas ändå få fram bra vardagsmat. Hon tycker det är viktigt att inte servera för avancerad mat utan göra allt för att inte skillnaderna i deras livsföring ska bli för påtaglig. Hon har förstått att Lina levt på marginalen i större delen av sitt liv.

Så kommer då onsdagen när Lina ska komma på middag till familjen Lindström. Emma har dukat med omsorg i matrummet med ljus och vårlika servetter i lindblomsgrönt. Enkla vita tallrikar och glas på fot och den naturfärgade linneduken från Klässbol. Allt noga genomtänkt. Det ska vara fint men inte prålig, tänker Emma. Den hela kycklingen ligger där och puttrar i ugnen. Salladen är klar och riset står på spisen. Ska kompletteras med purjolök och soltorkade tomater.

Desserten blir en hallonpaj med traditionell vaniljsås. Vitt vin och ramlösa står redan på bordet. Emma tittar på klockan och konstaterar att vinet kommer att bli för varmt och ställer tillbaka det i kylskåpet. Göran är på styrelsemöte i samfälligheten, där de bor och kommer inte att närvara vid middagen. Lina är punktlig. Hon kommer med ett knippe tulpaner i handen. Systrarna kramar om varandra hastigt. Emma ber Lina att hänga av sig och stiga in. Lina tittar sig omkring och frågar om hon får titta runt lite. Emma har gått ut i köket för att fixa det sista med maten.

– Javisst, självklart får du titta runt. Det är inte så välstädat, men du behöver inte kolla så noga, säger Emma med ett skratt.

– Vad fint ni har det, ropar Lina inifrån vardagsrummet.

– Tycker du, vad kul att du gillar vårt hem. Ja, jag är inredningsintresserad och tycker det är kul att leta efter udda grejer i små butiker.

– Så skulle jag också vilja göra, men jag har fått vara glad om alla har en säng och att vi har det nödvändigaste. Men jag klagar inte, det har inte gått någon nöd på oss, säger Lina.

Nu står Lina alldeles bakom Emma i köket och sniffar in den goda doften från ugnen.

– Det ska bli gott med mat, jag är riktigt hungrig, säger Lina

– Ja, det är alldeles strax klart. Kan du ta ut vinet från kylen, ber Emma.

– Å, blir det vin en vanlig «sketen» onsdagskväll, utropar Lina.

– Ja, jag tycker verkligen vi har något att fira. Två systrar som hittat varandra, säger Emma leende.

Systrarna sätter sig ner och börjar äta. Pratet vill inte riktigt komma igång, men med något glas vin i kroppen kanske våra tungor lossnar lite, tänker Emma. De småpratar lite om maten och skålar.

Efter en stunds tystnad frågar Lina

– Kan inte du berätta om hur du hade det i din familj i Sigtuna?

– Jo det kan jag, vad vill du veta?

– Allt, svarar Lina småfnissande.

Emma berättar att hon inte har så många minnen av sina tidigaste år hos familjen Thunander .

– Jag tror att ett av mina första minnen är att hunden, en golden retriever slickar mig i ansiktet, när jag ligger på sängen i mitt rum.

– Var de snälla mot dig? frågar Lina vidare

Emma berättar om att hon hade det bra. Pappa Gustav var en lågmäld man som inte gjorde stort väsen av sig. Mamma Elsa var gladare till sin natur och höll ihop familjen på ett utomordentligt sätt. De fick även en biologisk son, Stefan, som föddes nio år efter Emma. Då Emma haft mor och far för sig själv i många år var det tufft att få ett syskon. Emma berättar vidare att hon har en tät kontakt med sin bror Stefan och att mamma Elsa lever fortfarande, men bor på ett hem för alzheimersjuka i Stockholm. Pappa Gustav var lärare och mamma Elsa läkare. Trots krävande yrken har Emma ett minne av att de tog väl hand om sina barn. De hade även ett hembiträde när Emma och Stefan växte upp. Tant Karin, var lite äldre och stannade hos familjen ända tills hon var över 70 år. Karin var en underbar extramamma som lekte med dem. Hon skötte även hushållsarbetet, som tvättning, städning och lagade mat. Emma hade flera lekkamrater och när hon så småningom kom in i tonåren hade hon en bästis, Margareta, som hon umgicks flitigt med. Det var tillsammans med henne, som Emma så småningom slussades in i vuxenlivet.

På somrarna begav sig familjen Thunander ut till Mörkviken ute vid kusten i närheten av Trosa, där de hade ett sommarställe. Det låg vackert i en skogsglänta och tomten sträckte sig ner till klipphällarna och havet i den sörmländska skärgården. Därifrån har Emma många fina minnen. Hit fick hon även ta med Margareta på somrarna. De kunde bada, snacka killar, läsa böcker och ha det riktigt bra på sommarloven. Mörkviken har Emma fått ärva och Stefan fick den fina villan i Sigtuna, då pappan dog och mamman redan var sjuk och bodde på sjukhemmet.

– Ja, jag har nog haft en mycket bra barndom, trots att den inte var tillsammans med mina biologiska föräldrar, konstaterar Emma.

– Har inte du funderat på vem som är vår far? frågar Lina

– Jo, visst har jag det, men jag har inte lagt fokus på det. Det kanske vi borde göra, nu när vi är två om det här, säger Emma.

– Har du någon aning om hur vi kan går tillväga, frågar Lina ivrigt.

– Nej, det går nog inte att hitta i vanliga släkt-
forskningsprogram, eftersom det står «fa-
der okänd» i kyrkböckerna. Vi får försöka
hitta andra vägar att gå. Undrar om det
finns några anhöriga kvar i livet som kan
ge oss en hint, funderar Emma vidare.

Lina känner sig nöjd och glad, där hon sitter
med sin syster. De har ätit en god måltid och
druckit några glas vin, som har gjort dem mer
lättpratade. Skönt att prata på djupet med sin
syster, tänker Lina och myser inombords. Det
börjar bli en gemenskap som växer sig star-
kare. Hon känner samtidigt ett stick i hjärtat
av avund. Allt verkade så lätt för Emma. Hon
hade inte behövt kämpa för sin existens. Lina
är orolig att deras olika liv kan lägga hinder
i vägen för deras fortsatta bekantskap. Nu
känner hon verkligen att hon vill fortsätta
kontakten med sin syster och försöka «lappa
ihop» deras förflutna men även skaffa ett ge-
mensamt liv framöver.

Kapitel 8

S ola i Karlstad är ett passande uttryck denna dag. Emma och Lina bilar upp till Karlstad för att besöka ett landsarkiv för att där undersöka om de kan få fram några uppgifter om deras far. Resan känns lång. Vägarna är smala, utan vägrenar. Slitna asfaltsvägar med spår efter alla bilister. Massor av trafik. De hamnar bakom långtradare som är svåra att köra om och ett och annat husvagnsekipage är redan ute på vägarna, denna vårdag. Solen lyser på den blankslitna asfalten och stämningen är god i bilen. Den långa resan gör att de får gott om tid att prata. Emma kör och Lina är ivrigt bubblande om barn och barnbarn. Emma förstår att de är det viktigaste i Linas liv. Riktigt så känner inte Emma. Hon har helt gått upp i sitt jobb, speciellt nu när sönerna är vuxna. Visst betyder barnen väldigt mycket för henne, men det viktigaste är att de lever sina egna vuxna liv nu. De har däremot mycket trevligt tillsammans när de träffas. När barnen var små kretsade livet mycket kring dem och Emma hade jobbat deltid en tid, för att vara mer med barnen

När de närmar sig Karlstad riktar de in sig på domkyrkan, eftersom Emma kollat upp att landsarkivet ligger i närheten av den. Kyrkan ligger mitt i stan på Lagberget och därifrån är det endast några hundra meter till torget. Kyrkan är inte så stor och pampig, som man tror att en domkyrka ska vara. Har endast ett torn och är vitkalkad. Den har många utbyggnader och är lite speciell.

Väl inne på landsarkivet, som Emma varit i kontakt med, några dagar innan deras resa hit, möts de av en ung man. Han visar dem var de kan börja leta. De letar först i födelseböckerna från 1954. Till vissa delar finns dessa överlagda i datafiler, men de börjar med att titta i böckerna. De är lätta att hitta i då händelserna ligger i kronologisk ordning. De letar sig fram till mars månad när de är födda. När de kommer till den 27 mars hittar de Gudrun Viktoria Lagergren, att hon fött två flickor, men att hon själv avlidit två dagar senare. Fader okänd, står med tydliga bokstäver. Några namn finns inte inskrivna här, så de går vidare till dopkolumnen på andra sidan i boken. Eftersom det blivit nöddop, så låg det ganska nära födelsen i tid. Mycket riktigt kan de hitta den 30 mars, dagen efter Gudruns död, så döptes flickorna och deras namn finns inskrivna. Emma Viktoria och Lina Viktoria. En liten otydlig notering finns på raden bredvid. Det står något om faddrar, kan de utläsa, men mer ser de inte. De går därför till datorn och slår upp samma sida och där kan de utläsa att det fanns en fadder inskriven. Reidun Thielsen. Det låter som ett norskt namn, men vem är det? Det måste undersökas.

Solen tränger in genom de små fönstren och systrarna känner en värme som omsluter dem. De blir exalterade av uppgifterna. Lina letar rätt på den unge tjänstemannen och frågar hur de kan gå vidare, för att få fram fler uppgifter om Reidun. Han tror det blir svårt om hon inte var svensk medborgare vid flickornas födelsetillfälle. Han föreslår att de ska ta kontakt med Genealogiska föreningen i Norge för att försöka få fram uppgifter om henne. Uppgifterna om Reidun Thielsen är knapphändiga, endast att hon varit bosatt i Skoghall, framgår av texten.

Emma och Lina tittar på varandra, lägger

pannan i djupa veck och fattar ingenting. Om det fanns en fadder, varför har då inte hon tagit hand om flickorna. Hon hade dessutom gått in i ett fadderskap när modern redan var död och fadern okänd. Hennes uppgift står ju helt klar från början tycker systrarna i bästa samförstånd.

– Vi hade kunnat hamna i Norge, säger Lina eftertänksamt.

– Ja, då kanske vi hade fått vara tillsammans, menar Emma.

– Men varför blev det inte så?

– Vi måste fortsätta leta, säger Emma resolut och slår igen födelseboken med en smäll.

Den unge mannen kommer till deras hjälp och säger att de kan försöka leta i gamla barn-avårdsakter. Där kan det möjligtvis finnas fler uppgifter om anhöriga eller den som tagit hand om flickorna. Han visar dem till en käl-larskrubb, med många dammiga kartonger, stående på rad. De letar raskt fram årtalet 1954. Det finns inte så många kartonger det året, så det borde inte vara så svårt att hitta rätt. Emellertid är dessa inte lagda helt i kro-nologisk ordning, så här kan det bli mycket att leta igenom. De tar var sin kartong och börjar det mödosamma arbetet. Det är svårt att hitta datum eller någon logisk ordning i alla papper som finns förvarade här.

– Nej, nu är jag hungrig, utbrister Lina

– Det är jag med, säger Emma, torkar sig i pannan och blir alldeles mörk av smuts och damm.

Systrarna går ut ur lokalen och meddelar arkivmannen att de kommer tillbaka. Väl ute i solen blir de stående och tittar upp mot kyrkans torn och ser två svarta kajor som flyger fram och tillbaka ivrigt skränande.

– Du, säger Lina och tittar på Emma. Det där tror jag är våra föräldrar som tittar på oss och vill visa att de uppmuntrar oss att forska vidare, fortsätter hon och pekar upp mot fåglarna.

– Tror du, säger Emma skeptiskt. Tror du på sånt?

– Ja, det gör jag. Jag tror inte att man bara är borta när man dör. Jag tror att vi fortsätter på något sätt.

– Nu tror jag inte vi ska fördjupa oss alltför mycket. Jag är jättehungrig och vill ha mat, avbryter Emma.

De hittar en liten restaurang på en tvärgata

till stora torget. De beställer var sin dagens pastarätt och slår sig ner vid ett bord en bit in i lokalen. De äter under tystnad, men det är ändå en känsla av samförstånd mellan dem. De känner sig trygga i varandras sällskap.

– Du Lina, det är snart vår födelsedag, den måste vi fira tillsammans. Det har vi ju aldrig gjort?

– Ja, jättegärna. Vad ska vi göra då. Kan vi inte hitta på något roligt? Vilka har du hemma i familjen den 27 mars?

– Jag vet inte, men kan vi inte göra något bara du och jag? På dagen kan vi gå på spa och se någon bra film och så kan vi fira med familjerna på kvällen, tillsammans. Vad tror du om det? Göran får laga en god middag till oss alla.

– Låter jättetrevligt, men du vet min ekonomi är ganska skral, så det får inte bli några dyra utsvävningar, säger Lina lite sorgset.

– Det ordnar sig, säger Emma och reser på sig. Nä, nu måste vi fortsätta vårt letande.

När de kommer tillbaka till arkivet är inte den unge mannen där. I stället är det en medelålders kvinna som möter dem vid disken.

– Är det ni som sitter i källaren och letar i barnavårdsakterna? frågar hon.

– Ja, svarar Lina och ler mot kvinnan, för att få henne lika hjälpsam som mannen varit mot dem.

De går nerför den smala stentrappan till källaren. Hämtar var sin ny kartong från 1954 och sätter sig vid det stora bordet i mitten av rummet. De sitter tysta och koncentrerade länge och det enda som hörs i lokalen är deras bläddrande bland pappren. De har fått ta på sig vita bomullhandskar för att inte skada bladen. En del så tunna och de nog kan gå sönder när som helst.

– Kolla, kolla utbrister Lina!

– Har du hittat nåt?

– Ja, jag tror det, kolla här ska du få se, säger Lina och håller fram ett hårdare pappersark.

De sätter sig ner och försöker tyda vad som står. Det står något om tillbakadraget faderskapserkännande. Har någon erkänt faderskapet och tagit tillbaka det? Det verkar mycket märkligt, resonerar de. Hjärtslagen ökar och Lina springer upp för trappan för att be arkivkvinnan om hjälp. Kvinnan läser vad som står och tar till orda.

– Det verkar vara en Dag Henckel som tagit
tillbaka sitt faderskapserkännande. Mycket
märkligt att det står inskrivet, visserligen
är det delvis överstruket. Spännande! Här
kan ni också se vad ni vägde när ni föddes.
För jag antar att det är era egna föräldrar
ni letar efter.

– Ja, svara Emma och Lina i munnen på var-
andra.

– Flicka nr 1 föddes klockan 03.50 och vägde
2440 gram. Flicka nr 2 föddes 04.20 och
vägde 2270 gram läser kvinnan upp högt
och tydligt. Ni var ganska stora för att vara
tvillingar. Vem av er är vem? Undrar hon.

– Det har vi inte en aning om, svarar Lina.
Det verkar som ganska lång tid mellan föds-
larna. Det var säkert en jobbig förlossning.
Undrar vem som är storasyster av oss, fort-
sätter hon. Det är nog du Emma. Du verkar
vara den mest rediga av oss.

– Inte är väl jag så redig, låter nästan som att
jag skulle vara tråkig. Det är jag väl inte,
utbrister Emma. Du är den som har mest
erfarenhet av tvillingfödslar, fortsätter hon.
Är den förstfödde den redigaste?

– Jag minns inte så mycket av min tvillingförlossning, eftersom allt gick så fort. Det jag minns mest väl är timmarna innan. Mina tvillingpojkar föddes med 5 min mellanrum, så det var snabb distribution och Jens är förstfödd och absolut den mest redige av dem, säger Lina skrattande.

Hon tänker sig tillbaka till den klara kalla höstdagen då Jens och Jörgen föddes. Hon låg och våndades. Hon visste att det var två barn som skulle se livets ljus, men hon tvivlade att hon skulle klara av det. Smärtorna eller snarare plågorna var näst intill oöverstigliga. Inte bara rädslan inför själva förlossningen utan hon var skrämd över situationen. Hur skulle hon klara av att bli trebarnsmor, med dålig ekonomi och trångt boende. Visst hade hon Bengt vid sin sida, men hon insåg, efter att ha fått Kristina två år innan, att huvudansvaret för barnen kommer att ligga på henne. Själva levererandet av pojkarna hade gått förvånansvärt lätt. De gled ut som tvålbitar ur hennes kropp. Det smärtsamma var då redan över. Det hon inte visste då var att sex år senare skulle hon vara änka med tre små barn.
– Vart tog du vägen, säger Emma och vinkar med handen framför hennes ögon.

– Jag försjönk i tankar på min egen tvilling-
förlossning.
– Ja, du har onekligen en större erfarenhet av
födslar, än vad jag har, säger Emma.
– Nej, nu går vi vidare i letandet, tror du vi
kommer så mycket längre nu, säger Lina
och vill få slut på förlossningssnacket.
– Det vi måste spinna vidare på nu, är vem
Dag Henckel och Reidun Thielsen är.
Emma och Lina inser att de nog måste rikta
sina blickar mot Norge för att gå vidare, men
först vill de fråga arkivkvinnan hur de bäst
går tillväga.
– Hur kan det vara möjligt att det står ett fa-
derskapserkännande i akten, som sedan
blivit överstruken? undrar Lina.
– Man får inte «sudda» i sådana akter, likväl
som i kyrkböckerna, utan det som förts in
står alltid kvar. Är det felaktiga uppgifter,
eller felskrivet så stryker man över och så
sätter man en liten signatur bredvid.
– Kan det innebära att Dag Henckel ändå är
vår far, men har tagit avstånd från sitt fa-
derskap eller tror du mest på att det är en
felskrivning?
– Det är svårt att veta, svarar arkivkvinnan.

Jag tycker ni ska gå vidare och försöka leta rätt på Dag Henckel. Han skulle till och med kunna vara kvar i livet. Vi kan titta om vi har något på honom här i våra kyrkoböcker. Lina ser framför sig en stor reslig mörk man med bruna ögon. Han ser mycket manlig ut och snygg och bredvid ligger deras mor utmattad av en svår förlossning. Men på den tiden fick väl inte fäderna vara med på förlossningarna, funderar hon vidare. Hon ser en bild framför sig där pappans första möte med sina barn är genom ett fönster. Men å andra sidan om han inte erkände sitt faderskap fanns han väl inte med i närheten över huvud taget. De hittar inget på Dag Henckel i kyrkböckerna, men de orkar inte leta så länge. Dagen börjar gå mot sitt slut. De googlar på honom och får då upp tre st Dag Henckel. En är avliden, en är för ung och en verkar vara en känd person i Norge. De får fortsätta sina sökningar i morgon. De går trötta, men upprymda av all information, till hotellet där de ska tillbringa natten.

Kapitel 9

Hon simmar runt i en varm bubbla. Är omgiven av vatten, men kan andas. Hon virvlar runt i ett viktlöst tillstånd. I sin viktlöshet stöter hon samman med någon som liknar henne. En spegelbild av sig själv. Känslan är euforisk, men ändå präglad av lugn och ro. Tiden står stilla. Ett våldsamt vattenfall. En enorm kraft skjuter på bakifrån. Känns som en forsränning. Hon kommer till en trång passage och där stannar det upp ett ögonblick. Därefter ett smärtsamt vulkanutbrott och sedan befinner hon sig i ett kallt rum, med höga röster. Varelserna runt henne verkar ivriga och rädda. Allt är ljust, nästintill vitt runt omkring henne. Känslan är hård. Det var mycket skönare där inne i bubblan. Efter en stund kommer hennes spegelbild utrutschande i hög fart. Plask, så ligger hon där och gnyr. Ett skrik börjar, som accelererar till en decibelhög klang. Det låter vackert, men är nästan outhärdligt. Någon ruskar om hennes kropp. Hon ser sig yrvaket omkring.

Är alldeles torr i munnen och vet inte var hon befinner sig.

– Vakna, vakna ropar en kvinna med hög röst.

Emma ser sig omkring och kommer ihåg var hon befinner sig. I ett litet dubbelrum på stadshotellet i Karlstad. Hon förstår att hon drömt.

– Vad du har snackat i sömnen. Det går ju inte att sova ihop med dig. Du snarkar också.

– Vad har jag pratat om då, säger Emma yrvaket.

– Inte vet jag, men det verkar som en angenäm dröm, för du log och smackade liksom fram konstiga ord, som jag inte förstod. Vad drömde du?

– Jag tror jag drömde om vår födelse!

– Hur var det då?

– Både skrämmande och behagligt.

Emma är kvar i drömmen, fast i vaket tillstånd. Hon hade gärna velat vara i drömmen en längre stund, för att få uppleva fortsättningen. Tråkigt att Lina väckte henne.

– Upp och hoppa nu, så går vi och äter frukost, säger Lina. Jag är inte bortskämd med hotellfrukostar, så det här ser jag verkligen fram emot. Kom nu!

– Jag vill duscha först innan jag går ner i matsalen. Jag vill inte visa mig så här med håret på ända och en svettdrypande kropp, efter mitt intensiva drömmande.

– Vad fåfäng du är. Vi känner väl ingen här, som går och luktar på oss, fnissar Lina.

Emma är snabbt på fötter och snart hörs duschens strilande och hennes sjungande. «Högt över havet och bort emot land, stämmer frekvensen så räcker jag fram......». Det handlar mycket om vatten idag, tänker Emma, där hon står och rengör sin 60 åriga kropp. Hon är ganska nöjd med sin kropp, trots att det mesta har vandrat neråt. Brösten hänger, rumpan hänger och tyvärr även mungiporna. Hon är kraftigare än Lina och därmed rundare i ansiktet, men annars är de fortfarande mycket lika, men Lina har mindre bröst, förstås. Emmas är stora och tunga. Snabbt rycker hon till sig badhandduken och skrubbar sin kropp. Hon mår alldeles förträffligt och känner hur hungern börjar komma.

– Å, jag vill ha ägg och bacon!

Efter en lång och mättande frukost går de

tysta tillbaka till landsarkivet. Idag är den unge mannen tillbaka i arkivet.

– Vad ska vi inrikta oss på idag, säger Lina lite trött. Det här tar på krafterna. Man är spänd hela tiden på vad man kommer att hitta.

– Ja, vi vet ju inte var det här ska sluta. Det kan bli alltifrån att det tar helt stopp, till att vi kommer hitta fler intressanta släktingar. Vi riktar in oss på Reidun Thielsen nu, tycker jag, säger Emma.

– OK, var ska vi börja?

De börjar med att titta i de digitala kyrkböckerna. Reidun hade bott i Arvika. Hennes pappa var en norsk man som blivit skadad i kriget, Mange Finstad. Modern hette Synnöve Thielsen, hade svensk mamma och norsk pappa. Det måste ha varit en stor skam att bli med barn som ogift. Konstigt att hans namn fanns med i handlingarna. Här står det minsann inte «fader okänd». Mycket märkligt, konstaterar systrarna. Undrar hur de träffades? Vid 13 års ålder flyttade Reidun till Karlstad och antagligen började hon direkt arbeta på mödrahemmet. Till hemmet kom då Gudrun och födde sina tvillingflickor. Systrarna tittade på varandra och undrade hur hon kommit på idén att bli fadder till dem. Någonting måste ha hänt strax efter barnens födelse.

– Vi måste googla på henne. Hon kanske lever. Lina är nu högröd i ansiktet där hon sitter framför datorn.

De fick träff på några med namnet Reidun Thielsen. Den som verkade mest aktuell var född 4 januari 1941 och var svenska. De övriga bodde i Norge. Den «svenska» Reidun, är bosatt i Örebro, Bondegatan 10. Hon är alltså 73 år nu och således pensionär. Hon verkar vara aktiv inom Röda Korset, där hon har en del förtroendeuppdrag. Hon har bland annat varit med och samlat in kläder till människor i krigsdrabbade områden, framgår av en text.

– Vi måste försöka träffa henne, säger Emma entusiastiskt.

– Tror du hon vill träffa oss då, undrar Lina

– Ja, varför skulle hon inte vilja det?

– Hon kanske känner att hon svek oss när hon inte tog hand om oss.

– Ja, det vore väl bra om vi fick en förklaring på det.

– Uppenbarligen var det något som gick snett.

– Kan du se om hon är eller har varit gift, säger Lina och böjer sig över Emma, som nu tagit över tangentbordet.

Efter en stunds letande verkar de ha fått bilden klar för sig. Hon hade gift sig först vid 40 års ålder, med en poliskommissarie i Örebro, men verkar vara barnlös. Hon var nu änka sedan 10 år tillbaka.

– Vi vet ju inte säkert att det är rätt Reidun, vi hittat.

– Nej, men det låter ju troligt att det är hon.

– Men hon var ju bara 13 år när vi föddes. Hon kunde ju inte ta hand om oss då. Det är något som inte stämmer säger Emma.

– Allt är lite mysko, tycker Lina. Det överstrukna faderskapet och den unga Reidun.

– Här gäller att leta vidare. Men borde vi inte åka till Örebro och se om vi kan få kontakt med henne. Hon kanske kan räta ut våra frågetecken.

Solen skiner in genom det lilla fönstret i arkivet och Lina blir fast i en dagdröm. Hennes barn springer omkring henne och hon känner en sådan glädje över att ha dem nära. Det finns inte i hennes sinnevärld att lämna dem ifrån sig. Hon tänker vidare att Gudrun inte hade något val. Hon avled och fick aldrig veta vad som hände med hennes flickor. Pappan kanske var ovetande om att han blivit pappa. Hon drömmer vidare om en man som liknar dem till utseendet. Han busar runt med dem på en grön försommaräng. Längtan efter föräldrarna är så stor att det gör ont.

Kapitel 10

Det närmar sig den 27 mars då tvillingsystrarna har sin födelsedag. De önskar att fira den tillsammans för första gången i deras nu 60 åriga liv. Emma är orolig att det ska bli en för dyr utgift för Lina, så hon måste gå lite varligt fram i sina ideér. Hon ringer Lina och de stämmer träff på Kanolds, samma kväll, för planering. Regnet piskar ner och blåsten är inte att leka med, så här i början av mars kan vädret vara besvärligt på västkusten. De kommer nästan samtidigt, båda dyblöta och inte på världens bästa humör.

– Vilket skitväder, är du lika blöt som jag?

– Ja, kolla här säger Lina och vrider ur mössan hon haft på sig.

– Skönt att komma in i värmen. Nu vill jag ha något smarrigt, säger Emma.

– Jag är fattig som en kyrkråtta, så det får bli en slät kopp kaffe, svarar Lina.

– Ä jag bjuder, vad vill du ha Lina?

– Tack, det tar jag gärna emot. Då vill jag ha en budapestbakelse, säger Lina snabbt.

– Budapestbakelse men du är väl inte pensi-
onär än, skrattar Emma. Har du inte hört
att det är ett signum för pensionärer att äta
budapestbakelse?
– Det skiter jag i. Jag älskar budapestba-
kelse med mycket grädde och goda man-
darinklyftor. Det vill jag ha. Jag är ju snart
pensionär, skrattar Lina.
Kvinnorna beställer sitt fika och sätter sig i
en fin liten soffgrupp längst in i lokalen. Det
är inte så mycket folk denna tisdagskväll. Det
dåliga humöret, de steg in med, är som bort-
blåst. De börjar tjattra om allt möjligt.
– Men skulle vi inte planera vårt födelsedags-
firande, säger Lina efter en stund.
– Jo visst, var ska vi börja?
– Som du vet så är min ekonomi ganska skral,
så jag vet inte vad jag kan bidra med, säger
Lina lite nedstämt.
– Jag tror vi skulle kunna ha en fest hemma
hos oss, så slipper vi hyra lokal, säger Emma,
men då kan vi inte bli alltför många.
– Det vore jättetrevligt att vara hemma hos er,
kontrar Lina. Jag tycker det är mest viktigt
att få ha barnen med. Jag har inte en så stor
vänkrets, fortsätter Lina.

Systrarna hämtar påtår och fortsätter. Linas barn med respektive och barnbarnen blir 15 personer. Sofie kommer nog inte hem från Norge, då hon så nyligen börjat jobba där. Emmas familj är endast sex om sönernas har partners med. Om Karl kommer hem från London är också tveksamt. Då skulle de kunna bjuda in nio av sina vänner också, då Emma kalkylerar med att de kan vara max 30 st i huset utan att det blir för trångt.

– Vilka vill du bjuda?

– Jag har två arbetskamrater jag umgås med en del, de vill jag bjuda, säger Lina.

– Vi har två par vi umgås mycket med som jag gärna bjuder, säger Emma. Jag bjuder gärna min barndomskamrat Margareta också.

– Jag kan tänka mig att bjuda Bengts syster, som jag fortfarande har lite kontakt med, men hon bor i Karlstad, så det blir kanske lite komplicerat, säger Lina.

– Nej det går säkert att ordna med övernattning. Hon kan väl bo hos dig nu när Sofie inte är hemma?

– Ja, det går nog, jag har inte flyttat ännu. Måste fixa en billigare lägenhet, mumlar Lina.

Födelsedagen inträffar en torsdag, så de beslutar sig för att ha festen på lördagen efter. De bestämmer sig för att laga maten själva och servera en buffé, med olika rätter som man till och med kan äta stående om borden inte räcker. De bestämmer att Lina gör en trevlig inbjudan som de skickar ut till sina respektive gäster. Lina älskar att hålla på med scrapbooking, så hon tar på sig att göra trevliga inbjudningskort. De skiljs åt i bästa samförstånd, men Emma inser att hon nog får bidra med en större del av inköpen. Hon gör det så gärna, nu när hon fått en syster, samtidigt som det smärtar henne att se Lina ledsen, så fort det handlar om pengar.

Kapitel 11

De började förberedelserna redan på fredagen. De bakar pajer, gravar lax, gör små snittar med lax och räkor. Viss mat lämnade de till lördagen. Salladen på rödbetor och chevréost med honung måste vara nygjord och även de baconlindade dadlarna, liksom de rostade små potatisarna och kycklingvingarna som legat i marinad. Till efterrätt ska de servera marängtårta med grädde och hallon. Dryckerna var inhandlade. De skulle börja med ett glas bubbel och ostkex, därefter buffén med alla läckerheter och avslutningsvis kaffe och tårta. Emma och Lina var så nöjda med upplägget. Till buffén skulle serveras italienskt rött vin och vitt vin från Nya Zeeland. Till kaffet hade de inhandlat sherry och whisky. De hade anlitat två av Emmas arbetskamrater att hjälpa till med servering, disk och plock som blir under kvällen.

På lördagseftermiddagen kommer Lina insvepande genom porten i Örgrytevillan iklädd en lång klänning under den varma oknäppta kappan. Klänningen är i en varmröd färg, enfärgad, sitter tajt över brösten för att sedan ha en vidare kjoldel, mycket enkel men elegant. Till det har hon en lite längre guldkedja och små hängande guldörhängen i droppform. Håret i sin vanliga page, men lite fluffigare än vanligt.

– Å vad fin du är, säger Emma leende och ger sin syster en kram.

– Tack, å så tjusig du är, kontrar Lina

– Emma har en olivgrön glansig klänning som också är lång, ner till fotknölarna. Den är lite kortare fram så man ser vristerna och de tjusiga skorna i nästan samma färg som klänningen, en nyans mörkare och med säkert 7 cm höga klackar.

– Kan du gå i så höga klackar, säger Lina

– Nä, men det är tjusigt, haha

– Menar du att du köper skor du inte kan gå i?

– Nja, jag vet inte, hoppas att jag ska klara av det halva kvällen i alla fall, skrattar Emma

– Jag får gå i de här, säger Lina och visar upp sina skor som delvis döljs av klänningen

– De är också fina, lilla Lina, skojar Emma

– Kalla mig inte lilla Lina, jag känner mig

mindre än du i alla lägen, det vet du och behöver inte påminna mig om det.

– OK, «end of discussion». Nu måste vi kolla att allt är OK med dukningen.

Det verkar som om 28 gäster kommer och de har dukat upp tre bord. Tallrikarna står vid buffén och bestick och glas är utplacerade på borden. Dessutom fint vikta servetter som Emmas söner vikt. En mycket avancerad variant som kallas Lotusblomman. Servetterna är lila, till det vita porslinet med guldkant. Vita manglade linnedukar, ser mycket fräscht ut. Låga blombuketter står på borden, anemoner och tulpaner i rosa, lila och vitt. Mycket smakfullt.

Prick klockan 18.00 dyker de första gästerna upp. Det är Emma och Görans vänner. Släktingarna börjar också småningom dyka upp och bubblet serveras. Alla har med presenter som de lägger på ett litet sideboard. Emma har viskat till Lina att det förväntas att de ska öppna presenterna, men det får bli till kaffet, lite senare under kvällen. När alla har fått sina tallrikar och glas fyllda, klingar Emma i glaset och hälsar alla välkomna. Hon vänder sig till Lina och säger med värme i rösten

– Tänk jag har fått en syster, vid 60 års ålder. Jag är så tacksam och glad att vi hittat varandra. Nu ska vi fira vår första födelsedag tillsammans och därför vill jag utbringa en skål för både er gäster och för oss som hittat varandra. Skååål!

Middagen fortlöper och strax är det dags för nästa tal. Göran tar till orda:

– Älskade hustru och kära svägerska. Ni är två fantastiska kvinnor. Så olika men båda med stor drivkraft. Bara detta att ordna denna fenomenala fest. Det är en sann glädje att se er två jobba ihop och vara så samstämmiga. Det är nästan att man känner sig i vägen och utanför när ni två är tillsammans, men det accepterar jag. Det är inte så ofta man hittar en försvunnen syster. Önskar er båda en härlig födelsedag och ser fram emot att få fira många fina födelsedagar tillsammans med er. Skål!

Flera av gästerna sitter med blöta ögon och tittar förstummat på Emma och Lina över denna märkliga återförening. Sofie som kommit hem från Norge för att vara med om den här kvällen håller också ett fint tal till sin mor och Emma. Det blir en känslosam middag.

Faten är nästan tomma och borden ska röjas av för att göra dansgolv. Innan dansen börjar är det dags att öppna paketen. De flesta paket innehåller någon typ av upplevelse, konserter, teater eller biobesök, några böcker och sist öppnar Emma presenten från Göran. Det är ett hängsmycke med en guldkula och en ring av diamanter runtomkring, designad av Efva Attling. När Emma visar upp smycket och Göran hjälper henne att sätta på det höjer Kristina, Linas äldsta dotter rösten

– Vad är det här för jävla tillställning? Här är ni som tillhör överklassen och vi fattiga jävlar ska stå och se på ert underbara liv, hur ni bor och era fina presenter. Det här får oss bara att känna oss ännu mer underlägsna. Hur kan du morsan vilja umgås med det här packet, sluddrar Kristina efter att ha druckit alldeles för många glas vin.

Lina är röd i ansiktet och tycker det är pinsamt, liksom Jens och Jörgen som tar tag i Kristinas arm och leder henne ut i hallen, för att tala om för henne att det är dags att åka hem. Lina har varit orolig för detta då hon vet att Kristina haft problem med alkohol, men trodde att hon skulle skärpa sig i det här sällskapet. Alla börjar prata och man låtsas som detta utspel inte hänt. Johan och Karl har satt ihop en Spotifylista med låtar som Emma och Lina gillar och några låtar som passar de unga, allt för att alla ska trivas. De börjar lite stillsamt med några gamla dansbandslåtar som är lätta att dansa till. Många dansar, några sitter och pratar och festen fortsätter. Några har dock åkt hem däribland Kristina och de som hade småbarn med sig. Karl har ett gott öga till Sofie, de dansar tajt och länge. Kul tycker Emma men inte helt enkelt om de som är kusiner skulle bli ett par. Kvällen fortsätter och några som sitter i ett hörn och pratar politik blir lite högljudda. De diskuterar miljöpolitik och invandrarfrågor, är inte ense om hur de tycker politikerna ska agera. När alla gäster gått hem och Emma sparkar av sig de högklackade, pussar hon Göran och tackar för det fina smycket och en härlig kväll.

– Det var onödigt att jag gav dig presenten inför alla, hade kunnat gett dig den vid ett annat tillfälle, men jag hade inte en tanke på att det skulle väcka anstöt.

– Det var okej, jag tror alla förstod att Kristina druckit lite för mycket och ja, hon tycker säkert precis som hon sa. Vi har ju haft helt olika uppväxt och förutsättningar i livet. Hon har fått lära sig att leva under knappa omständigheter, så det här stack i hennes ögon.

– Ja vi får väl bara svälja och försöka förstå hennes situation. Tror du Lina också reagerade?

– Det är klart att det smärtar henne, men kanske mest att Kristina har problem med alkoholen. Hon har lärt sig våra olikheter i leverne och accepterat det, svarar Emma, gäspar och säger, nu kryper vi i säng.

Kapitel 12

Landningshjulen dunsar i marken. En kraftig inbromsning. Nu är de på fast mark. Det känns skönt. Ingen av dem är särskilt förtjust i att flyga, men mest rädd är nog Lina. Hon har tuggat frenetiskt på tugggummi under hela resan. De hade lämnat ett gråregnigt aprilväder i Sverige. Idén hade kommit upp när de var i Karlstad. De ville umgås mera och lära känna varandra, nu när de såg att det fungerade så bra mellan dem. Emma hade kommit ihåg att en läkare på ortopeden, Josef Rosenmann, nämnt att han hade en lägenhet på Lefkas i Grekland, som han gärna hyrde ut till bekanta. Lina hade direkt nappat på idén. Hon hade verkligen inte varit ute så mycket i världen och såg det som ett inte alltför dyrt alternativ att få komma till ett varmare land, så här på förvåren. Göran hade tyckt att det var en strålande idé för systrarna att umgås, men han tyckte att två veckor var lite lång tid. Emma kontrade med att om hon räknade ihop alla hans innebandypass, så var han borta från hemmet mycket mer än hon. Johan brydde sig inte om att mamma var borta i några veckor. Lina hade numera inga barn hemma längre, men särskilt Sofie tyckte det var roligt för mamma att göra den här resan.

De möts av en ljummen bris när de går nerför flygplanstrappan. Okända lukter slår emot dem. En blandning av avgaser, citron och havssalt. De har kommit till en mycket liten flygplats där en och annan palm vajar i vinden. De är på grekiska fastlandet, men ska nu ta en buss till Nidri via en bro över till ön Lefkas, där lägenheten väntar. Emma fingrar på nyckeln, som hon har i fickan. De vandrar in i den lilla väntsalen. Det tar en timme innan de får sina väskor och börjar leta sig fram till bussarna. Bussen är fullsatt och luftkonditioneringen fungerar inte, så alla svettas och lukten där inne är inte angenäm. Resan tar två timmar. Hettan känns svår. De möts av ett myller av folk, när de stiger av. De stora väskorna är tunga att dra och törsten är påtaglig.

– Jag måste ha något att dricka NU, utbrister Lina. Annars svimmar jag.

– Vi handlar på första bästa ställe, svarar
   Emma.

De hittar en liten diversebutik, där de köper
var sin flaska mineralvatten och en karta för
att kunna lokalisera, var lägenheten ligger.
Den verkar ligga ganska långt härifrån säger
Emma och tittar sig runt omkring. De försö-
ker att fråga en kvinna i folkmyllret, men hon
pratar enbart grekiska. Av henne blir de inte
hjälpta.

– Vi får ta en taxi, konstaterar Emma.

– Ja det gör vi. Jag har så svullna ben efter
   flygresan och känner mig helt slut. Märks
   att jag är ovan vid det här.

– Men det här var väl ingen lång flygresa. Då
   skulle du varit med när vi flög till Malay-
   sia. Det tog 12 timmar. Då kan vi snacka om
   flygresa, skrattar Emma.

– Ska du göra dig lustig över att jag inte är
   lika erfaren som du. Men jag är nog mer
   erfaren än du inom andra områden...haha,
   säger Lina.

– OK, vi ska inte tjafsa nu. Nu letar vi rätt på
   en taxi.

En, i deras ögon, typisk grekisk man öppnar
bakluckan och lyfter in deras tunga väskor.

Emma sätter sig i framsätet och Lina där bak tillsammans med deras handbagage. Emma visar på kartan vart de ska och chauffören drar iväg. Det går fort mellan alla bilar, skotrar och människor. Emma vågar inte ens titta och vänder blicken ner i knät och hoppas att allt ska gå bra. Resan tar inte mer än 15 min. Där står de då avsläppta på en gata, som de inte kan se namnet på. Efter en stund får de syn på en pil in mellan två hus, där det står «studios». Ser att det finns en reception där och de visar sin adresslapp och får hjälp att hitta studio nr 14. Den ligger på tredje våningen. Lägenheten består av två ganska små rum med ett litet pentry och duschrum, samt en stor balkong som sträcker sig efter hela sidan av lägenheten. De kan skymta havet en bit bort, men man kan inte kalla det havsutsikt. Golven består av terrakottafärgade klinkers och stenväggarna är vitmålade. Inte så mycket möbler, men det finns en bred enkelsäng i lilla sovrummet och en dubbelsäng i det andra. Det är sköna mjuka sängar av svensk standard. I pentryt finns ett kylskåp, två kokplattor, diskho och en kaffekokare. Allt komprimerat på en mycket liten yta.

– Inte så lyxigt, men för de pengarna duger det, eller hur, säger Emma och slänger sig på dubbelsängen. Vilket sovrum vill du ha?

– Jag tar det här säger Lina, som lagt sig på enkelsängen i det andra rummet.

– Lakan ska finnas i något skåp här, sa Josef. Hoppas det är riktiga bomullslakan, så de inte är av nylon, fortsätter Emma.

– Lakan kan väl inte vara av nylon!

– Jo, i England är det ganska vanligt. Kolla här, säger Emma, och tar fram lakan från ett skåp. Det är alldeles nya IKEA lakan. Det här blir bra, konstaterar hon.

De bäddar sina sängar och går sedan ut för att äta.

Riktigt turistiskt, massor av folk som trängs längs med hamnkajen, där restaurangerna ligger som ett pärlband. En och annan inkastare står och mässar om vad de har för specialiteter. Kvällsmörkret sänker sig, men belysningar i alla former och färger kompenserar. Lysrör ger ett kallt sken, som vissa matställen har över borden medan andra har kulörta lampor som ger en känsla av kräftskiva. Systrarna går in på en restaurang, Panorama, som ser fräsch ut. Där sitter många gäster.

Det tyder på att de har god mat, konstaterar
de och slår sig ner en bit in i lokalen. Blåsten
har tilltagit. Det känns för kallt att sitta längst
ut, även om utsikten över havet är bättre där.
Rödrutiga dukar på borden och bekväma rot-
tingstolar. En kypare kommer fram till dem
och hälsar, «Kalispera». Han övergår snabbt
till engelska och frågar om de vill ha något att
dricka, samtidigt som han lägger menyerna
framför dem.

– I would like a glass of white wine, please!
– Me too, säger Lina som har lite svårare med
  engelskan.
– Vad vill du äta?
– Jag tror jag vill ha fisk, men vad betyder allt
  det här, undrar Lina, när hon kollar i me-
  nyn under «Fish».
– «Swordfish» är svärdfisk, «Codfish» tror jag
  är torsk och «Squid» är bläckfisk. Emma lå-
  ter som en lärare. Jag tror jag tar svärdfisk.
  Det brukar vara gott.
– Då gör jag det också.

De får in sitt vin och gör sin beställning då
kyparen kommer in med en korg med bröd
och ställer fram olivolja och vinäger.
– Vill du ha bröd? frågar Emma

– Ja, jag är hungrig och man vet ju inte om
maten är god.

– Jag tror nämligen att vi får betala extra för
brödet, även om vi inte beställt det. Så vill
vi inte ha bröd är det bäst att säga till om
det direkt.

– Okej, du är så berest och kan sånt där. Jag
har inte en aning. Jag har bara varit på Ka-
narieöarna en gång. Det är min enda resa,
säger Lina medan hon tuggar i sig brödet.

Det är nu alldeles mörkt ut över havet, för-
utom båtarnas lanternor som lyser upp. Trots
allt folk runt omkring dem är det ett lugn som
infunnit sig. De är trötta, hungriga och kän-
ner sig avslappnade efter det snart urdruckna
vinet.

– Varför tog vi inte in en hel flaska på en
gång?

– Det får vi tänka på till nästa gång, nu be-
ställer vi ett glas till, eller hur?

De får vänta länge på fisken. När den väl kom-
mer in är det en fröjd för ögat att se. Svärdfis-
ken ligger i filéer ovanpå ett lager av zuccini,
morötter, tomater och massor av gröna oliver.
En skål med ris kommer in på bordet och par-
mesanost.

– Jag tror det är oregano, som är den framträdande kryddan, eller vad tror du?

– Kan vara basilika också, mumlar Lina mellan tuggorna.

– Skit detsamma, det här är supergott!

Efter att ha stillat den värsta hungern börjar systrarna tala om livets väsentligheter. Lina vill gärna höra hur Emma har det i sitt äktenskap. Emma konstaterar att det inte är så lätt att leva i tvåsamhet eller i familj.

– Alla har sina viljor och man måste alltid vara beredd att jämka på sina egna intressen.

– Jag tycker Göran verkar vara den perfekta mannen.

– Ha ha.., tycker du. Ja han är bra, men visst bråkar vi ibland.

– Jag känner ju inte honom så väl, men han verkar så trygg och stabil.

– Jo, det kan jag hålla med om. Sen är han ju inte den mest romantiske man, som man önskar sig.

– Skit i det. Det är bättre att ha en trygg famn, än en som kommer med blommor och vackra ord hela tiden.

– Ja, du har så rätt!

Emma blir sittande tyst i sina egna tankar. Hon

tänker på en av de få gånger hon fått blommor av Göran. Det var när de hade varit gifta 10 år och han var på en tjänsteresa. Hon var barnledig och satt i sandlådan med pojkarna, när ett blombud kom gående och knackade på deras dörr. Hon såg budet och sprang fram till honom. Hon fick en stor bukett röda rosor. Ett litet kort satt instucket bland blommorna. «JAG ÄLSKAR DIG! Ser fram emot många år tillsammans med dig! Din Göran». En varm känsla sköljde över henne, men också en ängslan. Man brukar säga att när en fru får blommor av sin man, särskilt om det inte händer så ofta, betyder det att han varit otrogen. Hon kunde inte i sin vildaste fantasi tro att Göran skulle vara otrogen mot henne. Han hade alltid varit snål på blommor. Hon fick inte ens blommor på sina födelsedagar, men han var duktig på att hitta bra presenter. En god far är han och ett bra sexliv har vi också, tänkte hon vidare.

– Hallå, vart tog du vägen?

– Jag försjönk en stund i tankar på Göran.

– Låt höra.....

– Nej, det var inget särskilt, men visst är han bra.

– Nu vill jag ha efterrätt!

Systrarna beställde in desserter. Lina tog en valnötskaka med grädde och Emma beställde yoghurt med valnötter och honung. Hon kom ihåg från tidigare Greklandsresor hur gott det var. Lina funderade på varför det var så svårt att komma på djupet i diskussionerna med Emma. Hon berättade till en viss gräns, sen tog det stopp. Varför hade hon så svårt att öppna sig? Hon verkar mest fokusera på praktiska, handfasta ting i livet. Undrar om hon har det så bra, som det verkar på ytan? Hon hoppas få fler tillfällen under den här resan att komma henne närmare. Emma är intelligent, har studerat och har ett bra yrke. Hon vet hur hon ska bete sig i det sociala livet. Hon verkar ha allt. Men nu får jag inte bli avundsjuk, tänker Lina. Jag ska försöka lära av henne. Emma rättar till frisyren och sätter på nytt läppstift, samtidigt som hon funderar på hur bra är hon som maka och mor? Hon höll känslorna ifrån sig många gånger, för att inte bli sårad. Det var en sköld hon satte upp. De promenerar sakta tillbaka till lägenheten. Lina lägger armen om Emmas axlar och viskar i hennes öra:

– Jag är så glad att ha träffat dig! En tår rinner stilla ner för kinden.

Kapitel 13

Hon känner sig alldeles klibbig på kroppen, med en lätt huvudvärk. Ett dunkande ljud hörs utanför fönstret. Det byggs ytterligare ett hus, intill där de bor. Jobbigt med det slamrande ljudet. Inte är hon van vid värmen heller, tänker hon när hon kliver upp ur sängen. Det dröjde länge innan hon kunde somna igår. Hon går till badrummet, tar upp en Ipren ur necessären. Vågar nog inte dricka vattnet, tänker hon och går till kylskåpet och tar fram en flaska mineralvatten, som hon halsar direkt ur. Hon släntrar tillbaka till sängen, kollar på klockan. Den är bara halv sju. Hon tar en klunk vatten till och lägger sig i sängen, tittandes i taket. Där springer en spindel fram och tillbaka. Tur att jag inte har spindelfobi, tänker Lina och somnar om.

Magnus kommer springande mot henne med öppna armar. Han ropar «jag ska hjälpa dig» och snart är han alldeles nära henne. Han lyfter upp henne från badrumsgolvet och går till sängen. Hon är yr och det trycker mot bakhuvudet. Han konstaterade att hon troligtvis svimmat ett kort ögonblick. «Ska vi åka till sjukhuset»? Hon tycker inte det är så farligt. Vill bara ligga ner en stund och vila. Magnus lägger sig bredvid och lägger sin arm på hennes och viskar «jag älskar dig»! De somnar tätt intill varandra. Hon vaknar, ser honom ligga där utan täcke och kläder. En elektrisk stöt går genom hennes kropp, när hon ser honom i sin nakenhet. Han vaknar, famnar henne intensivt och kysser henne hejdlöst. Hans läppar är fylliga. Han smakar mer. Hon känner sig våt och redo att förenas med honom. Hans händer och fingrar vet precis var hon vill ha dem. Hans närhet och andedräkt är upphetsande. Hon kysser hans hårlösa bröst, söker sig vidare ner till hans erigerade kön. Smaken av honom är himmelsk. Hon gränslar honom. I ett intensivt, men kontrollerande gungande fullbordar de akten.

– Vad är klockan? Emma ropar från det andra rummet. Känns som jag sovit jättelänge.

Lina vaknar upp ur sin dröm. Hon saknar Magnus. Den Magnus som hon träffade för många år sedan. När han var ung, hungrig och sexig. Hon känner sig ambivalent. Ena stunden vill hon ha honom tillbaka och i nästa vill hon bara ta hand om sig själv och inte tänka på män över huvud taget.

– Klockan är kvart i åtta? Har du sovit bra?

– Nej, jag somnade snabbt, men sen vaknade jag och kunde inte somna om. Det var så varmt. Men nu frampå morgontimmarna har jag tydligen slumrat en del.

– Vi sticker ner till stranden och tar ett dopp, säger Lina och är snabbt i baddräkten.

– Okej, vänta bara. Jag måste hitta min bikini.

Med var sin badhandduk i handen springer de ner till stranden. En liten stenstrand ligger framför dem. Den är i det närmaste folktom och de rusar rakt ut i vattnet.

– Oj, det är ju kallt.

Det blir ett snabbt dopp och sedan sätter de sig på stranden. Båda huttrar, men det är en behaglig frusenhet. Det känns friskt. Vattnet är grönt och klart. Bredvid ligger det några småbåtar. Stranden är öde. Solen börjar värma.

– Vad ska vi göra idag?

– Kan vi inte hyra en bil och utforska ön, säger Emma.

– Ja, det gör vi. Jag läste i en broschyr, att det finns en underbar strand, Porto Katsiki, som jag tror ligger på andra sidan ön. Undrar hur långt det är dit? Jag har förstått att ön inte är så stor, säger Lina.

– Den stranden har jag också hört talas om. Dit måste vi åka. Vi kollar upp var vi kan hyra en bil.

– Kör du då, säger Lina, lite ängsligt. Jag känner mig osäker att köra här.

– Det kan inte vara värre än att köra i Göteborg, småskrattar Emma.

De tar sig snabbt tillbaka till lägenheten och gör sig i ordning. De fixar en lätt frukost bestående av kaffe och några mackor. De springer nerför de smala trapporna och kommer ut på gatan, ser sig omkring och går till höger för att söka efter en biluthyrningsfirma, eller i alla fall någon som kan hjälpa dem att hitta en. Det är fortfarande tidigt på morgonen och inte så mycket folk i farten. En man kommer farande på en moped med flaket fullt av stora vattenmeloner. De stenbelagda gatorna börjar redan bli varma och butiksägarna håller på att öppna sina butiker. En gammal kvinna kommer gående böjd, med en käpp att stödja sig på. Hon är helt svartklädd, mycket fårad i ansiktet och har svårt att gå. Hon tittar in till en butiksägare och säger några ord och skrattar. Hon verkar tillfreds med livet. De människor som är ute på gatorna denna tidiga timma, ser inte ut att ha bråttom.

– Vad lugnt och skönt det är här, tycker du inte Emma?

– Ja, det är ett helt annat tempo än hemma. Det är väl därför vi svenskar tycker om att resa till sådana här ställen.

– Vi kanske ska hyra en skoter istället, säger Lina.

– Tycker du, men det verkar farligt att åka omkring helt oskyddad. Jag är inte så van att köra tvåhjuliga fordon, säger Emma.

– Okej, vi hyr en liten bil istället.

Systrarna går vidare, men hittar inte någon biluthyrare. De stannar till i en större mataffär, går in och frågar kassörskan om det finns «car to rent» någonstans. Hon förstår inte vad de säger, men ropar på en yngre kille som kommer fram bakom hyllorna.

– Hello, can I help you?

Pojken beskriver var man kan hyra bilar. Det verkar vara några kvarter bort och ligga bredvid en bensinmack. De lunkar vidare i staden och småpratar om vad de vill göra under dagen och resten av veckorna. Lina konstaterar att de har ganska många dagar på sig att utforska ön, men även att bara lata sig. Hon har inte haft så här lyxigt på mycket länge i sitt liv.

– Hur många dagar ska vi hyra bil, tycker du?

– Det beror på hur dyrt det är, svarar Lina.

– Vi kan väl ta två dagar till att börja med, så hinner vi åka runt lite och se var smultronställena finns.

– Vi kan också kolla om det går bussar. Det kanske inte heller är så dyrt att åka taxi.

Efter nästan en halvtimmes vandring är de så framme vid uthyrningsfirman. Det blir en liten blå Fiat Punto. Försäkring tecknar de också för säkerhet skull. Lina gnölade lite över priset. De försökte pruta men det gick inte. Mannen tittade på dem och skakade på huvudet, såg ut som om han tyckte att de var oförskämda.

– Det kan väl inte vara första gången som någon försöker pruta med honom, säger Emma och rycker på axlarna när hon tar nycklarna och kliver in i bilen.

Emma kör och Lina vecklar upp kartan, dirigerar Emma att köra till vänster, för att ta sig ur Nidri och åka vidare söderut. Snart är de i Sivota, en mycket fin liten by där de stannar till. Här ligger det stora fina segelbåtar sida vid sida i den lilla hamnen. Systrarna är redan sugna på någonting, så de stannar till på ett café «Sivota Bakery». De beställer in färskpressad juice, kaffe och croissanter smaksatta med choklad och honung. Riktigt sött och gott, konstaterar de. De vandrar längs med hamnen och känner hur solen bränner.

– Vi borde nog smort in oss med solkräm, säger Lina lite ängsligt.

– Det är nog inte så farligt, när vi rör oss hela tiden, konstaterar Emma.

Med rutorna nerdragna och vinden fläktande i håret åker de vidare mot västra sidan av ön. Emma nynnar på en gammal slagdänga. Lina läser kartan febrilt. Att utforska en ny plats i världen känns exotiskt för Lina. De höga bergen, som de sakta åker nerför ligger som i terrasser. Ett och annat hus ligger på vägen ner. Utsikten är fantastisk och där nere ligger en djup vik in från havet. De har kommit till

Vassiliki. De hade läst om att det är surfarnas paradis. Husen ligger tätt ner mot bukten. Båtarna trängs och vindsurfarna syns en bit ut i havet. Lina tycker det ser befriande ut att flyga fram på vattenytan i hög fart. En rysning går längs ryggraden, när hon tänker vad som skulle hända om man tappar balansen och får bommen i huvudet. Det är så typiskt mig att se faror i allt, tänker hon vidare.

– Vad tyst du blev. Är du så förundrad över stället? Visst är det fint?

– Ja, alldeles underbart. Vi måste stanna här också, säger Lina.

– Självklart, säger Emma och tvärbromsar när en skoter kör rakt över vägen alldeles framför dem. Kan de inte se sig för. Det där hade kunnat gå illa!

De hittar en parkering och rusar ut ur bilen. På strandpromenaden syns många strosa omkring. De hör många olika språk talas runt omkring dem, dock inte svenska. Lina känner sig rastlös och vet inte hur hon ska angripa den här byn. Hon är inte hungrig och badat har de gjort på morgonen. Det är så mycket att ta in i hjärnan att det nästan tar stopp. Så många olika syn, hörsel och känselintryck att det bara blir för mycket. Hon sätter sig på en stenmur nere vid kajen och blundar.

– Hur är det med dig?

Lina svarar inte. Emma sätter sig bredvid henne och lägger armen om hennes axlar. De sitter stilla en lång stund, utan att säga ett ord. Lina hör Emmas lugna andning. Det känns tryggt. Den syrliga doften från citrusträden känns friskt. Lina tar några djupa andetag.

– Det är nästan bara för mycket att ta in allt det här, säger Lina och slår ut med högerarmen. Det är så annorlunda hur vi har det hemma. Jag har svårt att smälta allt det vackra.

– Jag tror du behöver dricka mer vatten. Du har väl inte fått solsting? Det är viktigt att dricka mycket, det vet du, när det är så här varmt.

– Du är väl inte min morsa, snäser Lina.

– Nej, men eftersom vi inte haft en riktig morsa, så får väl jag vara det, skrattar Emma.

– Tyckte du det där var roligt?

– Ja, kanske lite.

Lina känner sig olustig inombords. Vet inte vad det beror på. Kan inte sätta ord på det.

Tungan fastnar i munnen. Hon vet inte vad
hon ska säga. De går längst ut på piren för att
undersöka hur långt bort över havet de kan
se.
– Här drick lite vatten, Emma räcker flaskan
  till sin syster.
De går tysta och sakta. Lina dricker vatten
Hon håller väl inte på att bli sjuk. Det skulle
ju vara förödande att bli dålig. Hon kan inte
förstå varför den ena negativa tanken efter
den andra dyker upp i hennes medvetande.
Hon brukar inte vara tungsint. Det är ingen
egenskap hon är känd för att ha. De har bara
varit borta i två dagar och hon tänker på So-
fie. Hur har hon det i Oslo? Äter hon ordent-
ligt och sköter hon sig? Är hon ute och festar?
Nej, hon tycker nog bara det är skönt att få rå
sig själv och inte höra mitt tjat, tänker hon
vidare. Magnus dyker upp i hennes tankar.
Tänk vad trevligt det hade varit om vi hade
kunnat göra en sådan här resa tillsammans.
Då kanske vårt förhållande hade hållit. Hon
har nog inte velat erkänna för sig själv hur
stor saknaden är efter honom. Han är en bra
man. Vad gjorde hon för fel, som inte kunde
behålla honom? Vardagen tog över deras liv

och alldeles för få tillfällen till guldstunder hade de. Vad berodde det på? Han kanske får ett mer spännande liv nu, med en yngre kvinna.

Kapitel 14

Jag skulle kunna bosätta mig här, tänker Lina en morgon när de varit på ön i en och en halv vecka. Känner ingen magkatarr, ingen stress. Att bara vara är en bra aktivitet för att lugna sin oroliga själ. Aktivitet är det förstås inte, funderar hon vidare. Hon inser att hon givetvis inte kan bosätta sig på Lefkas. Vad ska hon leva av och hon kommer för långt bort från barn och barnbarn. Hon suckar tungt och inser att det bara får vara en dröm, men den får inte förta glädjen i att semestra här och ha det skönt.

När de sitter och äter frukost nere vid strandkanten börjar de samtala om vad de fått fram i sina utforskningar om släkten, omständigheterna kring mammans bortgång och deras första tid i livet.

– Vi måste få tag på vilka Reidun Thielsen och Dag Henckel är. Om de finns i livet borde de kunna ge oss ganska mycket information, säger Lina samtidigt som hon sörplar på en skiva vattenmelon.

– Det verkar så konstigt att hon bara skulle
ha varit 13 år då hon blev fadder till oss. Då
borde det ha funnits någon annan fadder
också, spånar Emma vidare.

– Vi får undersöka mera när vi kommer hem.
Det är skönt att vi hittat varandra i alla fall,
säger Lina. En stor pusselbit är på plats.

– Nu har vi bara några dagar kvar här på Lef-
kas, vad tycker du vi ska göra?

– Jag vill gärna besöka Lefkas stad, den ligger
ju inte så långt härifrån. Vi åkte väl igenom
den när vi kom från flygplatsen?

– OK, då kör vi dit, säger Emma. Det finns
visst några fina fiskrestauranger där har jag
hört.

Systrarna drar sig tillbaka till sin lägenhet. Tar
på sig bra promenadskor och packar badklä-
der, ifall de blir badsugna. Lina kollar igenom
plånboken och upptäcker att hon inte har så
mycket pengar kvar. Hon har heller inte möj-
lighet att ta ut mer pengar. Hon behöver dem
till mat och hyra. Det känns jobbigt om hon
måste låna av Emma, men hon vill helst inte
tänka på det nu. Snart är kvinnorna färdiga
och dags att kliva in i den varma bilen, som
saknar AC, så de kör med rutorna nerdragna.

Bra att de beslutat att hyra bilen några dagar till. Redan när de kommer till Nikiana stannar de till för att svalka sig med glass. Hotellen och pensionaten ligger tätt utmed stranden, det verkar nästan omöjligt att ta sig till vattnet utan att gå in på hotellens områden. De hittar emellertid en liten stig mellan två hotellområden, som tar dem ner till vattnet. Stenstranden ligger het och nästan orörd. Endast två tonåringar sitter vid strandkanten och nojsar. Två vackra flickor med långt hår och bruna kroppar. De verkar kära.

– Det där hade inte varit möjligt när vi växte upp, mumlar Lina.

– Nej, men vår Johan är tillsammans med en kille, Mattias, och nog var det konstigt i början. Göran hade svårare att acceptera deras förhållande än vad jag hade.

– Mina barn har alla varit normala och tytt sig till det andra könet, säger Lina. Det här är ett område där hon känner att hon har ett övertag över Emma. Hon skulle se det som ett nederlag om hennes barn är homosexuella.

– Det är bara att gilla läget. Huvudsaken är att barnen är lyckliga!

– Det är tur att vi gillar karlar, eller hur? fnis-
    sar Lina.
Efter en stunds traskande är de tillbaka till
bilen och kör vidare mot Lefkas city, som det
står på den internationella kartan. De är snart
framme, stannar på en parkering, som de tror
är ganska nära centrum och promenerar mot
torget Agio Spyridou. Inte så mycket turister.
De känner att de kommer lite närmare var-
dagslivet här. En man på vespa kommer fa-
rande i hög fart med en stor låda fisk baktill.
– Jag är sugen på fisk, säger Emma.
– Jag är inte hungrig, vi har ju ätit stadig fru-
    kost och glass. Du kan väl inte vara hungrig
    än?
– Nej, men om en stund, småskrattar Emma.
De vandrar genom trånga gränder, med små
butiker som riktar sig till turister. Kullerstens-
gatorna är knöggliga och varma. De kryssar
mellan mopedåkande män som kör varor åt
olika håll. Deras fordon är fullastade med
matvaror, möbler eller annat som är inlindat
i papper och snören. Hur kan de balansera
med moppen när den är så nedlastad med
grejer, tänker Lina. De verkar som de sliter
hårt, men ser glada ut.

1948 drabbades Lefkas av en kraftig jordbävning som förstörde stora delar av staden. Arkitekturen är här delvis en annan än den typiskt grekiska, då man beslutat bygga hus av korrigerad plåt. Man ansåg att de skulle stå emot jordskalv bättre än de murade stenhusen. Husfasaderna är målade i olika pastellfärger, som man inte uppfattar vid första anblick att de är av plåt. Det visade sig vara ett bra beslut att bygga så, då det fem år senare kom ytterligare en kraftig jordbävning på ön. Då låg epicentrum på grannön Kefalonia, men drabbade även Lefkas med en styrka av 7,3 på Richterskalan. Den grekiska öbefolkningen är van vid jordskalv lite nu och då, men oftast inte så dramatiska som de på 1940 och 50 talet. Den trivsamma gågatan är uppkallad efter den tyske arkeologen Wilhelm Dörpfeld. Dörpfeld hävdade att Lefkas var Odysseus hemö och inte Ithaka som andra historiker menar. Här promenerar de från början värmländska kvinnorna och känner historiens vingslag, efter att ha fått den här informationen via en turistbroschyr.

De vandrar vidare till den stora turisthamnen. Här ligger båtar av alla de slag. Främst

är det stora fina segelbåtar, men även en och
annan motorkryssare. Hamnen är ingen
kommersiell hamn, med färjetrafik då ön är
sammanlänkad med fastlandet via en bro.
Det ligger många små fiskebåtar i en avskild
del av hamnen. Fisket är en del av näringsli-
vet här på ön. I restaurangerna serveras färsk
fisk varje dag. En specialitet är den vita och
smakrika svärdfisken. De passerar en kyrka
och ett arkeologiskt museum på sin prome-
nad, men beslutar sig för att äta lunch. De
gör en avstickare från gågatan och sneglar
in på lite olika tavernor och beslutar sig
för att stanna på ett ställe där det ser ut att
vara mest inhemska matgäster. Efter en tid
här på ön har de lärt sig att inte falla för de
mest utstuderade turistrestaurangerna. Det
finns en och annan inkastare som vill tala
om varför just deras taverna är den bästa,
men det är främst på kvällarna som det kan
bli påfrestande med dessa män som hänger
dem i hasorna. Det är alltid män och de vill
gärna flirta med kvinnliga turister, särskilt
när de kommer utan manligt sällskap. Efter
tio minuters vandring blir de intresserade av
en smal gränd som verkar leda fram till vatt-

net, men lite avsides från huvudstråket. De går gränden österut och kommer fram till en liten restaurang vid vattenkanten.

– Här ser mysigt ut, här stannar vi ropar Emma.

– Ja, bara det inte är för dyrt, mumlar Lina. Hon inser att hon måste berätta för Emma om sin ekonomiska situation, så de anpassar sina aktiviteter efter det. Hoppas Emma kan förstå det och inte känner sig alltför hindrad. Hon verkar ha nästan obegränsat med pengar, tänker Lina. De beställer svärdfisk med grönsaker och ris och får dessutom tzatziki till. Allt detta för en billig penning. Lina harklar sig och tar till orda mellan tuggorna.

– Jag har nästan slut på pengar, säger Lina, jag måste kunna betala mat och hyra när jag kommer hem, så jag kan egentligen inte göra av med så mycket mer här. Jag känner mig så dum att jag inte insett att jag egentligen inte har råd med det här.

– Nu har vi bara några dagar kvar här på ön, och du kan låna av mig om det behövs. Det ordnar sig alltid.

– Ja, men jag vet inte när jag kan betala tillbaka, snyftar Lina

– Vi gör upp en avbetalningsplan, säger
  Emma småskrattande

Lina blir lite illa till mods, då hon tror att
Emma inte förstår hennes situation. Att hon
bara skojar bort det. Har hon alltid haft gott
om pengar, fattar hon inte hur det är att ha det
knapert. Hon försöker igen.

– Det här är inget skämt, jag menar allvar.
  Jag har bara 20 euro och några småpengar
  kvar.

– Jag menar verkligen inte att håna dig. Du
  kan få låna av mig och återbetalningen
  tar vi tag i när vi kommer hem. Det är bra
  för mig också att inte spendera för mycket.
  Göran blir sur på mig när jag shoppar loss.
  Vi ser till att leva sparsamt de här sista da-
  garna. Men nu ska vi njuta av den goda fis-
  ken och utsikten, eller hur?

– Vad snäll du är Emma, säger Lina och klap-
  par hennes högra hand, samtidigt som hon
  känner en tagg i hjärtat hur orättvist livet
  kan vara.

Det är nu mycket hett. På hemvägen stannar
de till i Episkopos och tar ett dopp i det klara
fina joniska havet.

Kapitel 15

Nu hade de bara två dagar kvar på den här fina resan. Efter mycket sol och bad på förmiddagen var de trötta av värmen, gick hem till lägenheten för att ta en siesta. De hade förstått varför folk vilade mitt på dagen och vissa affärer stängde. Det var tungt att orka en hel dag i värmen. Men ack så skönt tyckte kvinnorna. När de vilat en stund och lagat en grekisk sallad med mycket fetaost, hörde de att någon försökte öppna dörren. Det rasslade av nycklar, det vreds om i låset och där framför dem stod en man och såg förvånad ut.

– Hoppsan är ni här nu, utropar mannen.

Systrarna tittar oroat på varandra.

– Hej Josef, kommer du nu? Det måste ha blivit ett missförstånd, konstaterar Emma

– Jag trodde ni åkte hem förra veckan säger Josef och kliar sig i sitt kortklippta hår.

– Vi åker på lördag, säger Emma

Lina tycker misstaget är mycket pinsamt och vet inte vart hon ska vända sig. Mannen är mycket attraktiv, välformad och med snälla ljusbruna ögon. Hon vill gärna titta på honom, men vill inte riskera att bli betraktad som stirrande.

– Var tycker ni jag ska bo nu då? Vem vill dela säng med mig? kluckar Josef och kliar sig i skägget.

– Lina och jag kan nog trycka ihop oss i ett rum och du tar det andra, om det är okej för dig.

– Det ordnar sig, ni kan plocka ihop er i ett rum så går jag och badar så länge. Jag är så varm och kladdig efter resan. Vilken tur att inte min flickvän kommer förrän på söndag. Då löser sig det här arrangemanget.

Josef gick in i badrummet och kom ut efter en stund iklädd badbyxor och en handduk på armen. Strax var han ute ur lägenheten och kvinnorna tittade på varandra och fnissade lite nervöst. De började genast att rafsa ihop Linas alla tillhörigheter och lägger dem i en hög i Emmas rum. De samtalar med varandra hur de ska sova. De kan dela på Emmas dubbelsäng, den är bred. Det är en «grand lit» utrustad med endast ett täcke. De konstaterar att det nog ska gå bra även om både Emma och Lina är snarkare. Det gäller bara två nätter.

– Det här löser vi galant, säger Emma

– Men det är lite konstigt att ha en snygg karl i lägenheten. Det känns lite ansträngt eller hur?

– Det handlar bara om två nätter. Det ska nog gå bra. Jag tror inte Josef kommer att hänga sig på oss. Han har varit här så mycket och hittar nog på egna aktiviteter. Men visst är det lite pinsamt att det blev ett sådant missförstånd.

– Jag känner mig inte bekväm i det här, säger Lina och går in i badrummet.

På eftermiddagen tar kvinnorna en lång promenad längs med hamnen och vidare upp på de höga kullarna bakom stadskärnan. De traskar uppför på slingriga serpentinvägar. Stigningen är mycket hög. De blir riktigt andfådda och det går åt mycket vatten. Tur att de tänkte på att ta med vattenflaskorna. Där uppe på höjden har de en bedårande utsikt över havet och kan se öarna som ligger utanför Lefkas kust.

– Visst är det Skorpios, Onassis ö, man ser där borta, säger Lina och pekar.

– Jag tror det. Dit ska vi absolut ta en tur innan vi åker hem. Det får bli i morgon, konstaterar Emma. Vi kan gå till hamnen och boka biljetter direkt idag, så vi kommer med någon av båtarna imorgon.

– Vad kul, men det är väl dyrt?

– Ja, men jag har ju sagt att vi löser det ekonomiska när vi kommer hem, nu ska vi se till att njuta av de sista dagarna här på ön.

Lina och Emma lunkar nerför den branta vägen. Emma klagar på att det gör ont i knäna och drar en lång harang, med latinska termer, vilken påfrestning det är för knäna att gå nedför. Lina känner också av det men klagar inte. Hon är så glad att få vara med om den här resan. När de kommer ner till hamnen igen stannar de till vid en av kioskerna där de säljer biljetter till båtutflykterna. De bokar upp en resa till morgondagen som ska ta dem till Skorpios och Meganissi. På Skorpios får man inte gå iland. Den ön ägdes av familjen Onassis fram till hans död 1975 och numera ägs den av en stiftelse som upprättades efter hans död, kan de läsa i en broschyr. På Meganissi finns spännande grottor man kan åka in i med båten och utforska, läser de vidare.

– Undrar vad Jackie Kennedy såg hos den där ofräscha gubben, säger Lina när hon får upp en bild på Aristoteles Onassis.

– Pengar, pengar och åter pengar, säger Emma

– Ja, nog för att jag längtar efter att ha pengar, säger Lina, men inte vill ja ha en tjock pluffig gubbe att ta hand om.

– Hon behövde nog inte ta hand om honom, det gjorde nog tjänstefolket.

– Tror du inte de delade sovrum ens?

– Det vet man ju inte, men släpp det nu. Onassis och Jackie har varit döda länge.

När kvinnorna kommer tillbaka är Josef där. Han sitter på altanen med datorn i knät och ser ut att vara inbegripen i något viktigt.

– Vi tänkte ta en kopp kaffe, är du sugen? säger Emma och vänder sig mot Josef.

– Nej tack, jag vill inte ha kaffe i värmen. Har du inget kallt att erbjuda istället?

– Det finns juice i kylen, vill du hellre ha det?

– Ja tack, svarar han utan att titta upp från bildskärmen.

Emma tar fram ett glas som hon fyller med gyllengul juice och ger det till Josef. Han grymtar lite av välbehag när han tar en stor klunk.

Emma tänker att det är viktigt att fjäska lite för Josef nu när det blev så tokigt att de måste vara där samtidigt. Känns inte helt bekvämt att behöva dela den lilla lägenheten med en förhållandevis okänd manlig person. Hon har mest stött på honom i personalrummet på ortopeden då hon varit där och jobbat med de nyopererade höftledspatienterna. Knäpatienterna har en ännu längre rehabilitering, så visst har hon hängt mycket på ortopeden, men inte känner hon Josef för det. Det blir lite krystat. Hon tar Lina i armen och säger till henne att de nog ska gå ut igen. Lina är trött och vill verkligen inte ta några fler promenader. Hon dricker upp det sista av kaffet och mumlar att hon helst skulle vilja lägga sig en stund. Emma föreslår att de ska gå ner till badplatsen och ta ett dopp, så de blir lite piggare. När de är på väg ut genom dörren ropar Josef till dem.

– Klockan åtta går vi till Basilica och käkar en god middag, eller hur?

Kvinnorna tittar på varandra och Lina blir orolig igen över kostnaderna. Är det en dyr restaurang? viskar Lina till Emma. Har ingen aning svarar hon lika tyst. Innan Lina hinner blinka svarar Emma

– Ja vad trevligt!

Lina känner sig inte bekväm med att gå ut med den främmande mannen. Hon känner sig underlägsen, en ortoped, och hon är en outbildad mattant. Att Emma också är välutbildad känner hon inte som en barriär nu längre efter att de umgåtts så intensivt. Lina vet inte hur hon ska bete sig i Josefs sällskap. Hon tycker han är mycket attraktiv och därför känner hon sig inte naturlig i umgänget med honom. Emma och han kan ju alltid prata om sjukhuset och sina arbeten. Emma märker hur Lina blir röd om kinderna när hon pratar med Josef och påpekar det för henne. Då rodnar hon ännu mer och viskar fram att hon tycker han är så snygg och tilldragande. Hon tycker det är pinsamt, men kan inte rå på sina känslor.

– Lina nu får du skärpa dig, jag tror verkligen inte att Josef är en man för dig.

– Nej, det fattar väl jag med, men sina känslor kan man inte alltid styra.

Systrarna går ner till stranden, hittar några övergivna solsängar och lägger sig för att vila. Det dröjer inte länge förrän Linas lätta snarkningar hörs.

Kapitel 16

När de kommer tillbaka efter badet går Josef omkring endast klädd i ett par Calvin Klein kalsonger. Han verkar nyduschad och är så snygg så Lina tappar andan. Vilken kropp tänker hon. Svårt att bedöma hans ålder. Det märks att han håller den i trim. Hon förstår nog inte riktigt varför hon blir så berörd av denne okände man.

– Jag går ut och tar en drink så länge. Jag antar att ni behöver lite tid att fixa till er till middagen. Vi ses på Basilica klockan åtta.

Dörren stängs och de är ensamma i lägenheten. Emma tar fram mobilen för att kolla var restaurangen ligger. Den ligger endast ett kvarter bort.

– Hoppar du in i duschen först, ropar Emma till Lina, som gått in i Josefs rum för att hämta en klänning som hänger kvar i den stora garderoben.

Emma letar i sin garderob och hittar en tunn byxdress som hon inte använt tidigare under resan. Hon kommer på att hon inte ringt Göran på flera dagar, så det gör hon nu när Lina är i duschen. Hon berättar om det lite jobbiga missförståndet som gjort att de nu måste dela lägenhet med Josef några dagar. Göran skrattar ansträngt och kommenterar att det var tur att de är två kvinnor där och inte bara en, för då vet man inte vad som kan hända på en varm semesterort långt hemifrån.

– Du är väl inte svartsjuk, säger Emma med höjd röst.

– Nej, men jag längtar efter dig och vill att du ska komma hem snart.

– Jag gör ju det. Är hemma på lördag igen.

Samtalet fortsätter om praktiska detaljer och om sönerna. Efter tio minuter klickar Emma av samtalet och blir lite fundersam. Göran har nog aldrig så tydligt uttalat att han saknat henne då hon varit borta tidigare. Men å andra sidan är det inte många gånger hon varit borta från honom så här länge. Hon har inte saknat honom, då hon varit upptagen med Lina och allt trevligt de gjort tillsammans.

Lina kommer ut från duschen och doftar som en nyutsprungen ros. Väldigt vad hon har piffat till sig tänker Emma. Så sminkad har hon inte sett Lina på hela veckan. Lina får snabbt på sig den fina klänningen som är i ett grönt linnetyg och är ganska enkel, men med lite svass i kjolen. Den framhäver hennes gröna ögon och de solbrända benen och armarna. Emma duschar snabbt och kryper i sin byxdress. Den är hel och lite meckig att komma i och ur. Man får inte springa för ofta på toaletten, då blir det jobbigt. Egentligen är det nog ett plagg som inte är menat för en 60-åring, men hon kunde inte motstå den halmgula dressen med mönster av gröna blad och varmröda små blommor. Inte över hela plagget utan endast på överdelen och längst ner på byxbenen. Hennes kropp är i storlek 42 och även om midjan inte är så smal längre så tycker hon själv att hon ser fräsch ut. Hon sminkar sig lite, men sparsamt. Lite mörk ögonskugga och mascara endast på de övre fransarna.

Klockan är kvart i åtta när de är klara och Emma försäkrar att hon kommer att betala för dem båda. Kvinnorna är upprymda av den lilla «whiskypinnen» de tagit medan de gjorde sig i ordning. Väl nere på Basilica ser de Josef i glatt samspråk med en man bakom bardisken. Det verkar som de känner varandra väl. Inte så konstigt, Josef åker väl ofta hit ner till sin lägenhet, han känner säkert en och annan restaurangägare här, tänker Lina. När han får syn på dem, visar han dem till ett bord i ett av restaurangens hörn.

– Välkommen till bords, säger Josef och drar ut stolen för Lina.

– Tack, svarar de med en mun

– Det är tur att ni klär er så olika, för det är nästan svårt att skilja er åt. Ni är så lika

– Ja, vi är enäggstvillingar, säger Emma

– När ni pratar är det inte svårt att skilja er åt. Jag gillar din värmländska, säger han till Lina och klappar henne på armen.

Middagen avlöper på ett avspänt och trevligt sätt. De dricker flera glas vin och stämningen blir uppsluppen. Även Lina kan slappna av och inte tänka på deras olika samhällsställning. De avslutar middagen med glass toppad med mandel och honung. En mastig avslutning, men ack så god tycker de alla tre. Josef betalar för dem alla, med orden «Det är inte varje dag man är ute med så trevliga damer» och ger Lina en flirtande blink med högerögat. De går efter strandkanten hem och Josef smyger sin hand i Linas. Lina tar tacksamt emot handen, känslan liknar inget annat hon varit med om. Hon blir varm i kroppen och hela omgivningen strålar i grönaste grönt, till och med den tråkiga sandiga bygatan har en varm, mjuk och inbjudande färg. De går med lätta steg. Emma dröjer sig lite efter dem då hon ser vad som håller på att hända. Ska hon stoppa det här eller låta det fortgå. Hon vet att Josef har en flickvän, men vet inte hur stabilt det är. Är det hennes sak att stoppa denna tä-tatät? Hon unnar Lina kärlek, men den här mannen är nog endast ute efter ett engångs-ligg tänker Emma, blir förbryllad över hur hon ska agera. Nu ser hon Lina lägga huvudet på hans axel och han håller om henne. Det här är inte klokt tänker storasyster Emma. Jag vill inte vara med här, jag vill inte se Lina bli förförd av en 20 år yngre man som bara är ute efter en stunds tidsfördriv. Jag måste prata med Lina. Hon hostar lite där hon går fem meter bakom dem. Ingen märker hennes harklingar. Hon går lite närmare och knackar på Linas arm, som är involverad i det ömsinta grepp Josef har om henne. Lina vänder sig om, röd i ansiktet slänger med pagen och ser onekligen en aning onykter ut.

– Får jag tala lite med dig, viskar Emma tyst.

Josef släpper greppet om Lina och går sakta i förväg. Han tar upp en cigarill, tänder den och ställer sig vid gathörnet strax intill ingången till lägenheten, suger ivrigt på cigarillen och blåser hastigt ut röken i stora puffar.

– Ska du vara morsa för mig nu? orden bubblar ur Linas mun.

– Jag blir bara så frustrerad hur du kan ge dig hän så, på bara denna korta bekantskap. Jag är orolig att du inte vet vad du ger dig in på. Josef har flickvän och menar säkert inte något med en flirt som den här.

– Jag kanske kan tänkas vara fullt medveten om det, trots att jag druckit en del, men kan jag inte få spela med i det här spelet. Det känns så underbart att vara attraktiv för någon om det så endast är för en kväll. Snälla Emma var inte ond på mig. Jag vet vad jag gör.

– Jag går ner till stranden ett tag och sedan sätter jag mig i hotellbaren, säger Emma. Jag har mobilen på, så ring om det inte känns bra. Jag ger er två timmar sen kommer jag upp till lägenheten, Emma blänger på Lina och rynkorna över näsroten blir djupare då hon förfäras över systerns beteende.

Hon ser Josef och Lina försvinna in genom porten till lägenheten, tätt omslingrande. Själv viker hon av ner mot stranden. Klockan är tio och mörkret är massivt, endast några gammeldags lyktstolpar ger ett svagt sken, så hon ser var hon går. Hennes känslor är tveeggade. Hon är lite avundsjuk på Lina som fått detta erbjudande av en tjugo år yngre man och unnar henne det, men tycker samtidigt att det är opassande att en kvinna hoppar i säng med en man så lättvindigt. Vad som kommer att hända i lägenheten är helt klart för Emma. Det handlar inte om en kopp te och djupa diskussioner utan helt säkert ett hetsigt ligg, som för Josef är över på några få minuter. Emma sätter sig på en solstol nere i vattenkanten och blickar ut över det mörka havet. Hon längtar verkligen hem till Göran. Blir påmind om det vackra och fina i tvåsamheten. Skönt att vi snart är hemma, tänker hon. Hon ser sig omkring, är helt ensam på stranden, kränger sig ur byxdressen, tar av sig underkläderna och springer ner i det svala vattnet. Vattnet omsluter henne med sin mjukhet och hon simmar ut en bit från stranden. Bäst att jag simmar längs med stranden, så jag inte kommer för långt ut, tänker hon. Här finns ingen som kan rädda mig om något händer. Hon simmar snabbt fram och tillbaka flera gånger tills mjölksyran börjar komma, kravlar sig in mot stranden och kryper upp till solstolen med kläderna. Hon sitter en stund för att torka innan hon drar på sig kläderna. Byxdressen fastnar över låren och blir till ett ekvilibristiskt konstnummer innan hon har den på kroppen. Sitter en stund till, ryser av badets nedkylning och går sakta upp till hotellbaren. Hotellet ligger vägg i vägg med deras studio och de har tidigare kvällar hört musik från pianobaren, inte särskilt störande men heller inte alltid trevligt att lyssna på samma låtar. Nu uppskattar hon musiken, det är inte många i baren, hon beställer en Aperol spritz och sätter sig tillrätta på en barstol längst in vid disken. Hon är fundersam på vad som händer i lägenheten bredvid, samtidigt som hon blir upphetsad vid tanken, vad de håller på med. Bara han är snäll mot henne. Hon känner Josef som en trevlig sansad och duktig läkare. Har inte tänkt på honom så mycket som man, trots att han är snygg. De har inte jobbat med varandra, men hon känner honom ytligt då de mötts på ortopeden vid flera tillfällen. Om han är våldsam i sängen har hon ingen aning om, men hinner inte tänka tanken färdigt förrän en man sätter sig bredvid henne och undrar om hon är ensam. Hon blir lite rädd och svarar snabbt att hennes man kommer strax. Mannen bredvid börjar ösa komplimanger över henne, snygga kläder, snygg frisyr hasplar han ur sig en aning berusad. Hon tycker definitivt inte att han är attraktiv och känner sig förnärmad av hans framfusighet. Hon tittar på klockan, den är bara 23.30, hon måste vara borta från lägenheten ytterligare trettio minuter. Vart ska hon ta vägen. Hon vill inte sitta här med den dreglande mannen hängande över sig. Hon går till toaletten, tar fram mobilen och kollar om Lina skickat något meddelande, men inte. Däremot har hon ett meddelande från Göran, «Älskar dig, god natt» avslutat med tre stora röda hjärtan. Värmen sprider sig i Emmas kropp, hon avslutar toalettbesöket och kikar bort mot bardisken när hon smyger ut i lokalen. Mannen har nu förflyttat sig till en stol inne i lokalen och ser ut som han sitter och sover. Emma kliver fram till baren och beställer en flaska mineralvatten. Tiden går långsamt och det är fortfarande en kvart kvar till klockan tolv, då det är fritt fram för Emma att gå hem.

Kapitel 17

Sista dagen på resan. Lina har börjat packa sina saker.

– Flyget går inte förrän 20.45 ikväll, så vi hinner bada, packa och äta middag innan vi tar en taxi till flygplatsen ropar Emma från toaletten när hon borstar tänderna.
Josef har hållit sig undan sedan den kärleksfulla kvällen. Han är mycket artig mot kvinnorna, men låtsas inte som om någonting har hänt mellan Lina och honom. Lina drivs av en fruktansvärd ånger och tycker inte det var särskilt lyckat, deras kärleksstund. Hon känner sig förnedrad av hans ungdomlighet och ligget var över på fem minuter.

Emma börjar packa sina saker och därefter går de till stranden för ett dopp. Där nere sitter Josef i livligt samspråk men en mycket vacker blondin i 20 års åldern. Han tar i hennes arm och tittar henne djupt i ögonen medan de livligt samtalar.

– Jag orkar inte se honom mer, säger Lina, kan vi inte gå någon annanstans?

– Jag vill i alla fall bada, mumlar Emma, vi skiter i honom. Nu ser vi vad han går för, stackars flickvännen fortsätter Emma.

– Men jag då? förstår om du tycker jag är en idiot, kvider Lina.

Systrarna går snabbt ner i vattnet och ger sig ut på en lång simtur. När de kommit upp på stranden är Josef och blondinen borta. Lina och Emma köper var sin glass och njuter den andäktigt medan de sitter i solen. Lina känner sig förnedrad och dum, men bestämmer sig för att inte låta sig nedslås. Hon vill minsann inte få honom att tro hon är ett offer. Nej, hon vill att han ska tro att hon också tog för sig.

Efter middagen på Tassos Taverna går kvinnorna till lägenheten för att packa det sista och Emma beställer en taxi. När de kommer in i lägenheten luktar det sött och känns instängt och rökigt. I Josefs rum sitter han och blondinen och delar en joint. Inte för att Lina och Emma är så bevandrade i cannabisvärlden, men det har de sett på teve hur ciggen går runt och alla blir mer och mer dåsiga eller fnittriga.

– Men vad i helvete är detta? säger Emma nu riktigt upprörd. Är inte du läkare? nu kommer verkligen morsan fram i henne. Sitter ni här och röker hasch?

– Vad säger du morsan, replikerar Josef. En liten rök har inte skadat någon. Cannabis används för medicinskt bruk, vet du inte det.

– Det skiter jag i, svarar Emma. Skönt att åka härifrån, du beter dig som en vilsen tonåring. Ligger runt och knarkar. Hur ska jag kunna se dig som en seriös läkare i fortsättningen?

– Det behöver du inte heller, för jag har slutat på Sahlgrenska, svarar Josef överlägset, tittar på blondinen och gapskrattar.

Lina känner sig totalt överkörd och inser vilken gris till man Josef är och vill inget hellre än bara försvinna härifrån. Det här känns fullkomligt absurt. Systrarna pustar ut när taxin rullar ut på den stora bron på väg till flygplatsen. De drar en lättnadens suck att de är på väg hem.

Kapitel 18

Livet går vidare hemma i Göteborg. Emma jobbar som vanligt, har mycket att göra, många patienter inbokade och mycket administrativt arbete. Emma tycker administrationen har blivit allt tyngre då hon inte längre har någon sekreterare. Det är bara läkarna som har hjälp av sekreterare nu för tiden. April har övergått i maj och dagarna blir allt längre och ljusare. Än har inte musöronen dykt upp på björkarna, men det är inte långt kvar. Skårs allé med sina fina ekar är dock gröna och gräsmattorna börjar växa, snart dags att börja klippa dem tänker Emma när hon är på väg till bussen en tisdagsmorgon. Göran åkte iväg tidigt på morgonen. Han ska ha en konferensdag på Chalmers. De ska åka ut till Styrsö för att få sitta ostört och planera höstens verksamhet på maskintekniklinjen. Göran som endast har ett år kvar till pensionsåldern har svårt att bestämma sig om han ska sluta vid 65 eller jobba vidare två år till. Han både vill och inte. Han känner sig för ung för att sluta jobba, men är ändå lite sliten. Emma har några år kvar. Hon har redan bestämt sig att vid 65 får det vara nog. Hon jobbar mer kroppsligt, känner att kroppen tagit stryk av alla behandlingar, massage och annat som ligger på en fysioterapeut. Men hon vet också att det är viktigt att hålla igång, för att inte bli stel och orörlig. Inga problem, tycker hon, tänk vad härligt att få ta på sig vandrarkängorna och åka ut i skogen och kraftfullt vandra, inte promenera, utan ta i så man blir svett, gärna klättra uppför berg och ner i dalar, bland sjöar och John Bauerskog med mossbeklädda stenar. Ja, visst längtar hon efter pensioneringen. Måste nog se över hur det kommer att bli ekonomiskt. Hon har ju pensionssparat, men vet inte hur långt det räcker. Tur att de kunnat spara en del under sitt arbetsliv, för hon tror inte den allmänna- och tjänstepensionen räcker så långt. Hon har förstått att det endast blir 60-65 procent av lönen man får ut och det blir verkligen ett avbräck.

Hon hoppar på 60-ans buss som tar henne till centralstationen, därefter tar hon spårvagnen ut till Sahlgrenska. På vagnen sitter hon och tänker på Lina och deras härliga resa till Lefkas. Slutet på resan hade dock lite sur eftersmak. Josef den store don Juan visade inte upp något bra beteende och tråkigt att Lina skulle falla i den fällan. Emma hade trott att han var en seriös person, både som läkare och privatperson, men han hade verkligen visat upp andra sidor. Hon tyckte synd om hans så kallade flickvän om hon nu inte hade genomskådat detta. Han är verkligen ingen person som ska ha ett fast förhållande, eller annars ska han ha en barsk kvinna som håller honom hårt i tyglarna, men vad är det för förhållande. Hon hade berättat för Göran om episoden med Josef och Lina och han skakade bara på huvudet och tyckte Lina varit barnslig, som inte insåg att det inte är okej med «one night stands» om man vill ha hedern i behåll. Emma hade reagerat starkt på hans moralpredikan, hon tänkte att alla yngre killar tycker väl att engångsligg är okej, men det är klart nu är Göran en övre medelålderskille, som rasat av sig det mesta. Han blev nog mest upprörd över tanken att det kunde ha varit Emma som gjort ett felsteg. Ibland är hon besviken på Göran när han verkar mer intresserad av tv tittande än att hamna för tidigt i den äktenskapliga sängen på kvällen.

Arbetsdagen avlöpte som vanligt förutom strokepatienten Persson. Han är stor och tung. Det blir en hel brottningsmatch att få upp honom att gå i barren. De måste alltid vara två för att över huvud taget få upp honom ur rullstolen och in i barren. Han svär och domderar medan de håller på. De tappar nästan sugen att försöka. Han har ätit sig till sin stroke, fått höga kolesterolvärden och skyhögt blodtryck. Nu har de även konstaterat att han fått diabetes 2 och han har inga ambitioner att göra något åt sitt tillstånd. Visserligen har han nu även svårt att tala, svårt att hitta de rätta orden och utrycker sig oklart, så det blir en del missförstånd mellan honom och vårdarna. Förlamningen i höger sida hade släppt förhållandevis bra, så om det inte varit för hans vikt så skulle han nog kunna träna upp sig till ett mer normalt rörelseliv.

Kapitel 19

Lina kom snart in i de vanliga rutinerna när hon kom hem från Grekland. Vädret var kallt och blåsigt, vintern gjorde sina försök att släppa, men det gick trögt. Jobbet i skolmatsalen ger henne ingen stimulans längre och hon kommer på sig själv med att stå i andra tankar när hon plockar fram dagens buffé tillsammans med en kollega. Hon tänker tillbaka på de härliga dagarna på Lefkas. Värmen, de fina stränderna, det avslappnande livet. Hon skäms fortfarande över sin lättsinnighet när det gällde Josef. Hon blev helt betagen av honom. Borde ha genomskådat att det inte skulle kännas bra efteråt. Hon var så utsvulten på närhet, värme och kärlek att hon inte stod emot hans närmande. Emma borde ha stoppat henne, hon som är moralisk, gör allting rätt och har fötterna på jorden. Nej, inte kan jag anklaga Emma för mina dumheter, tänker Lina och återgår till inlastning av dagens matvaruleverans. Flera leveranser i veckan och många tunga lyft gör att ryggen tar stryk. Dessutom att stå hela dagarna på betonggolv gör inte saken bättre. Lina förstår inte varför hon är så trött. Hon borde vara pigg och utvilad efter den härliga avkopplande resan. Hon känner sig hängig, är glad att hon får gå hem redan klockan tre. Hon skulle behöva ett heltidsjobb nu när Sofie inte bor hemma längre och betalar för sig. Hon måste ta tag i att leta efter en billigare lägenhet, nu när hon bor ensam, men orkar inte det idag heller. Tur att hon får bostadsbidraget annars skulle hon inte klara sig. Det är nu en vecka kvar till lön och pengarna är slut, så hon får ta av det lilla sparkapital hon har. Kan äta lite rester på skolan och på kvällen tar hon varma koppen med en macka, så ska nog den här veckan också fungera, tänker hon.

När hon kommer hem lägger hon sig en stund på sängen för att vila, somnar och vaknar först efter två timmar och känner sig varm och har ont i huvudet. Ordnar lite kvällsmat och tittar på rapport, men hon känner att det är något fel i kroppen. Det värker i armar och ben, som en molande värk och allra värst i ländryggen. Håller jag på att bli gammal? tänker hon och går runt i lägenheten och masserar sig själv i ryggen. Hon somnar framför ett inredningsprogram, vaknar upp sent på kvällen, lullar sakta till badrummet, direkt till sängen och sover hela natten.

Vaknar nästa morgon och förstår att hon har feber. Hon badar i svett och har ännu mer ont i kroppen. Hittar en febertermometer efter en stunds letande, konstaterar att hon har 39 graders feber. Hon blir orolig, har inte haft feber sedan hon var barn, om hon nu kommer ihåg rätt. Hon har inte ont i halsen, inte snuvig vad kan det då vara? Kan inte gå till jobbet, tänker hon. Hon har inte råd att vara sjukskriven, men vad ska hon göra. Ringer och sjukanmäler sig. Hon vet att det blir kris i köket, det är svårt att få tag på en vikarie med så kort varsel, men hon kan bara inte gå. Hon känner sig helt däckad. Hon kommer ihåg när Astrid var sjuk och de fick klara sig med en person färre innan de hittade en vikarie.

Det blev onsdag och Lina mådde inte bättre, insåg att hon måste ta sig till vårdcentralen, så här kunde hon inte bli liggande. Febern var nu inte så hög längre, men hon upptäckte att hon hade flytningar och sveda när hon kissade. Har jag dragit på mig urinvägsinfektion, det har jag inte haft sedan i ungdomen, men då hade jag ingen feber, känner sig förbryllad och förstår att hon måste göra något.

Efter besök på vårdcentralen och lämnande av urinprov och topsat underliv får hon konstaterat att hon har klamydia. Det fattas bara det här också, tänker hon. Inte nog med att jag skäms så otroligt för mitt snedsteg, nu kommer straffet. På vårdcentralen måste hon uppge namnet på sin sexpartner och det gör saken ännu jobbigare. Hon vet ju bara vad han heter och var han jobbar. Eftersom han inte har ett så vanligt namn, kan vi nog hitta honom säger personalen.

– Har du haft fler sexpartners?

– Neej, svaret kommer snabbt.

Hon vill sjunka genom golvet, rodnar och stammar nästan fram orden. Sköterskan är så rar och gör inga stora åthävor, utan vill bara göra sitt jobb. Sköterskan tycker det är konstigt att hon har feber, det brukar inte vara vanligt, men du kanske är lite nedsatt.

– Du ska veta att klamydia är den vanligaste könssjukdomen och vi får in flera fall varje vecka, berättar sköterskan

– Det här var en engångsföreteelse, viskar
Lina.
– Vi ska se till att du blir frisk. Jag ser till att
du får antibiotika och ingen sex förrän all
medicin är uppäten. Du vet väl att kondom
skyddar mot könssjukdomar?
Nu tycker Lina att det är så pinsamt att hon
nästan kreverar. Avslutar mötet snabbt och
går raka vägen till apoteket, löser ut sin med-
icin och tar spårvagnen hem, lägger sig på
sängen och gråter. «Somliga straffar Gud ge-
nast», sa hennes adoptivmor när hon gjort nå-
got dumt. Tur att hon inte lever längre. Tänk
om hon skulle fått reda på något sådant om
mig, då hade hon nog förpassat mig från hem-
met. Ska hon våga berätta för Emma? Emma
kommer nog att höra av sig och då undrar hon
säkert varför jag är hemma från jobbet.

Kapitel 20

Emma och Lina beslutar sig för att söka vidare efter personerna som figurerat i samband med deras födelse. Mamman vet de vem det är, men inte pappan och den mystiska Reidun, en trettonårig flicka står som fadder i kyrkboken. Att vara fadder innebär att man ska kunna ta hand om barnen om det händer föräldrarna något. De hade tidigare hittat att det fanns en Reidun Thielsen i Örebro. Det fanns några i Norge också, men de chansar på att den svenska är den rätta. Hon bodde i Karlstad som ung och det kan ju kännas naturligt att hon hamnade i Örebro sedan. Städerna ligger inte långt från varandra, tänkte Emma när hon tagit fram uppgifterna om henne på hitta.se. Emma, den mest djärva av systrarna tog mod till sig och ringde telefonnumret de hittat. Flera signaler gick fram, men till slut svarade en spröd röst «Reidun». Emma svalde några gånger och tog till orda:

– Hej, jag heter Emma Lindström och jag och

min tvillingsyster Lina Jansson håller på att
söka våra rötter.

– Hej, svarar rösten försiktigt, följt av en lång
tystnad
– Vi undrar om du möjligtvis jobbade på ett
mödrahem i Karlstad 1954?
– Det gjorde jag svarar Reidun med klarare
röst, men jag var så ung.
– Kommer du ihåg att en kvinna, Gudrun
Lagergren, födde tvillingflickor och sedan
avled två dagar senare?
– Hur skulle jag kunna glömma, åtföljt av en
ännu längre tystnad.
– Vad bra, då har vi hittat dig, utropar Emma
exalterad. Skulle jag och min syster kunna
få träffa dig.
– Var det ni som föddes där, den ödesmättade
dagen i slutet av mars?
– Ja, om det inte var fler tvillingfödslar i mars
1954.
– Nej, det var det inte. Har tänkt så mycket på
er och vilka liv ni fick. Är det verkligen er
jag pratar med? åter igen tystnad.
– Ja, det verkar som vi hittat rätt Reidun och
då är det rätt tvillingar du pratar med.
– Jag vill gärna träffa er!

En strålande försommarlördag i slutet av maj träffas systrarna för att åka till Örebro. De sitter på tåget med spänd förväntad vad mötet med Reidun ska kunna ge för ledtrådar. Kunde hon möjligtvis veta vem som är deras far? Medan de svischar förbi Alingsås och Skövde, äter de den medhavda matsäcken, livligt diskuterande vilket scenario de ska komma att möta i Örebro.

Tåget kommer fram i tid och eftersom de inte riktigt vet var Bondegatan ligger, tar de en taxi från Centralen. De visade sig inte alls vara långt, då Bondegatan ligger mycket centralt i staden. Taxichauffören stannar vid ett gammalt fint hus med höga spröjsade fönster med ornament ovanför, reveterat i en orangeröd färg, fint restaurerat för att behålla sin gamla stil. Vid porten observerar de att det finns fyra lägenheter i huset, de ringer på porttelefonen där Reiduns namn står. Förväntningarna stiger.

– Hej, säger den lilla kvinnan som öppnar dörren.

– Hej, det är jag som är Emma och här är min syster Lina, säger Emma och puttar fram Lina.

De handhälsar och Reidun ber dem stiga in i den fina lägenheten. Äkta mattor på golven, en antik byrå i hallen, små lampetter med speglar på väggen, ganska mörkt men gammaldags trivsamt. Reidun är liten och smal, ser ut att vara i god form, håret är kort och gråsprängt, mörkt i nacken, pigga bruna ögon, en smal näsa och händerna pryds med flera till synes dyrbara ringar. Hon ber dem stiga in i vardagsrummet, till ett runt dukat kaffebord med broderad duk intill ett av de tre stora fönstren i rummet. Finkopparna, «blå blom» i vitaste benporslin, är framdukade och ett stort silverfat med bullar och kakor väntar på dem. Emma och Lina ser på varandra och ler belåtet när Reidun går ut i köket för att hämta kaffet. I rummet finns fina tavlor, en bokhylla med några böcker men mest prydnadsföremål. I bortre änden av rummet står en röd svängd soffa med två tillhörande fåtöljer. Rummet vittnar om att hon levt ett materiellt bra liv, med gammaldags möblemang. Reidun är 73 år, inte mycket äldre än systrarna. Efter två koppar kaffe med dopp och ett glas likör, verkar spänningen släppa och Reidun börjar sin berättelse:

– Jag var bara 13 år när jag kom till mödrahemmet i Karlstad. Eftersom jag levde med mamma och min mormor, så var det viktigt att jag fort kom ut i arbetslivet för att kunna försörja mig.

Det hade varit tufft för mor att ta hand om mig, men med mormors och en mosters hjälp kunde jag få bo med dem och inte bli bortadopterad, vilket jag givetvis var mycket tacksam för. Jag hade inte möjlighet att studera, så jag fick sluta redan efter sjätte klass. Flera av mina klasskamrater fick gå till flickskolan och ta realen, men det var uteslutet för mig. På mödrahemmet fick jag vara springflicka och städerska, stundtals tungt och arbetsamt men jag älskade att vara bland de nyfödda barnen. Jag fick inte ta upp dem, men jag kunde stå långa stunder och beundra de fina små liven. I stort sett hade alla mammorna som kom till mödrahemmet hamnat i olycka och många av barnen som föddes var redan på förhand bestämda att de skulle bortadopteras. Det vanliga var att mammorna kom hit några månader innan barnet föddes och var kvar till barnet var mellan tre till sex månader, beroende på hur barnet och mamman mådde. Om barnen inte direkt blev bortadopterade, lämnade vi dem vidare till ett barnhem, som låg strax utanför Karlstad i väntan på att få komma till ett riktigt hem. Det svåra var att en del barn hann man fästa sig vid, särskilt de som var kvar länge hos oss. Ni hamnade av någon anledning i Hagfors som jag inte riktigt vet varför, men kanske de hade fullt på det närmaste barnhemmet. Reidun bjuder på tretår, häller upp ytterligare en likör och fortsätter din berättelse:

– Er mamma hade som jag förstår en mycket svår förlossning. Hon förlorade mycket blod och sprack sönder mycket. Tror det var så att de inte fick ut hela moderkakan, blev infekterad och på mödrahemmet fanns inte resurser att klara situationen, så ambulansen kom och tog med henne. När hon var död fanns ingen annan möjlighet än att ta henne tillbaka till mödrahemmet. Det fanns inte några anhöriga. Vet att föreståndaren ordnade med en enkel begravning för henne, men en sak hade varit viktig för Gudrun, det var att ni skulle bli döpta. Det uttryckte hon tydligt i sitt sjuka tillstånd. På den här tiden var det viktigt att det fanns

faddrar vid dopet och eftersom de sett att
jag tyckte mycket om er, så valde de mig
trots min ringa ålder. Kan tyckas fel, efter-
som en fadders roll är att ta hand om barnet
när föräldrarna är döda. Det förstod inte jag
då. Den andra faddern var vaktmästaren,
en norrman Dag Henckel, som hade hand
om de tyngsta sysslorna på mödrahemmet.
Barnen skulle vidare till ett barnhem, vilka
namn som stod som faddrar hade inte så
stor betydelse tyckte föreståndarinnan. Jag
vet att ni båda fick namnet Viktoria som an-
dranamn efter er mor.

Jag stannade kvar på mödrahemmet i tre år,
under tiden fick jag gå i konfirmations-un-
dervisning och fortsätta med de dagliga
sysslorna på hemmet. Efter det fick jag möj-
lighet att gå hushållsskola i Ekshärad i ett
år, innan jag tog anställning som piga hos
en storbonde utanför Högboda.

– Hur kom du att hamna i Örebro? frågar
Lina.

– När jag jobbat som piga i Högboda i tre år
fick jag möjlighet att börja sjuksköterskeut-
bildning i Örebro. Jag flyttade till en mos-
ter där och kunde bo hos henne medan

jag utbildade mig. Gissa om jag var glad att få skaffa mig en utbildning och ett riktigt jobb. Här i Örebro träffade jag min blivande man. Det var på grund av honom som jag blev kvar här. Har älskat mitt jobb som sjuksköterska, vet att min mor också hade velat bli det, men hon fick nöja sig med att vara vårdbiträde. Jag har älskat mitt jobb och min man, som så tragiskt gick bort för 10 år sedan i en trafikolycka. Jag har levt ett mycket bra liv, trots min knaggliga start i livet, men nu är jag intresserad av att höra hur livet har varit för er.

Nu har de fått förklaringen på vem Dag Henckel var. Han var alltså inte deras far. Emma och Lina tittar på varandra och undrar vem som ska börja. Emma tar till orda och berättar om sin uppväxt i Sigtuna i en akademikerfamilj. Föräldrarna tyckte det var viktigt att Emma skaffade sig en bra utbildning. Hon berättade om att det svåraste under hennes uppväxt var när föräldrarna fick ett biologiskt barn, Stefan, som föddes när Emma var nio år. Hon hade haft föräldrarna för sig själv under lång tid. Lina tog vid och berättade om sin spartanska uppväxt i den frireligiösa bondefamiljen utanför Sunne och om alla sina barn. Reidun insåg att de haft mycket olika förutsättningar för att bli goda vuxna människor, men de verkar ha lyckats, konstaterade hon.

– Ni är ju så lika, säger Reidun och skrattar. Är ni enäggstvillingar?

– Ja, det är vi svarar Emma och Lina med en mun. Vi har en fråga som vi bara måste ställa. Vet du vem som är vår far?

Reidun satt tyst en lång stund, såg ut som hon funderade. Hon tar till orda och säger att hon inte vet vem som är fadern. Hon undrar om de inte kan hitta något i kyrkböckerna. Emma förklarade att det endast står «fader okänd» i kyrkböckerna och bara namnet på mamman och faddrarna står där.

– Det finns en notering om Dag Henckel som erkänt faderskapet, men är sedan överstuket i barnavårdsakten, men han är alltså fadder?

– Ja så är det, konstigt att det står så.

– Det är alltså en felskrivning, eller tror du att han kanske kan vara vår far?

– Har inte en aning, svarar Reidun, jag var inte så gammal när det hände, så jag funderade nog inte så mycket på vem som var fadern. Nästan alla unga mödrar som kom till oss hade inga fäder till sina barn.

Reidun sitter tyst och funderar vidare, nämner ett namn som ploppar upp i hennes huvud, Zach. Hon nämner att när förlossningsarbetet hade börjat, var hon inne i rummet vid två tillfällen för att lägga in rena handdukar och då hörde hon Gudrun ropa på Zach flera gånger. Hon kommer också ihåg att Gudrun hade ett välläst brev på sitt nattduksbord. Vid ett tillfälle när hon torkade Gudruns golv, kunde hon inte hålla sig utan tog upp brevet och läste. Hon förstod inte riktigt innehållet i brevet, men fattade så mycket att Zach var en pojke som Gudrun var förälskad i. På baksidan fanns en avsändare, men hon kom inte riktigt ihåg efternamnet, annat än att det var ett konstigt utländskt namn, liknande Stankowski.

– Det låter som ett polskt eller ryskt namn, säger Lina

Lina och Emma tittar på varandra, tycker det här blir mer och mer spännande. Var skulle Gudrun ha kommit i kontakt med en polack?

Hon hade ju inga möjligheter att resa i värden. I så fall måste han ha varit här i Sverige. Den här tråden måste de spinna vidare på, tänker Emma. Systrarna äter några kakor till, samtidigt som de fortsätter sitt intressanta samtal med Reidun.

– Kommer du ihåg något mer? frågar Lina

– Gudrun berättade att hon jobbat på ett sanatorium för tbc sjuka personer. Tror att det kan ha varit i Bergslagen någonstans. Dit kom även krigsskadade, främst judar som kommit med Röda Korsets hjälp till Sverige.

– Varför tror du att det var någonstans i Bergslagen, fortsätter Emma

– Nej, det var bara en association jag fick, eftersom jag vet att sanatorierna ofta låg högt belägna för att det skulle vara frisk luft där.

– Det här måste vi undersöka vidare, Lina är nu riktigt exalterad.

Systrarna tackar för sig och för informationen de fått av Reidun, förvissar sig om att de får höra av sig till henne om de undrar över något mera. De ber även henne höra av sig om hon kommer på något som hon tror kan vara av intresse för tvillingsystrarna. Emma och Lina lämnar Bondegatan upprymda av den information de fått och samtalar om hur de ska gå vidare med dessa knapphändiga, men intressanta uppgifter de fått.

Kapitel 21 Norge 1940

Natten till den 9 april 1940 överföll tyska militära styrkor Norge. En tysk kryssare blev sänkt av norrmännen i Oslofjorden och det gav möjlighet för kungen och regeringen att lämna Oslo. Målet var att ta sig till Hamar. Avsikten var att stortinget där skulle ha ett möte om fortsatta strategier. En tysk fallskärmsstyrka blev satt under ledning av kapten Spiller för att försöka tillfångata kungen och hans regering. Den tyska styrkan färdades med kapade bilar och bussar som kördes av norrmän. Kungen och hans män fick meddelandet om att en styrka var dem i hälarna och beslutade snabbt att flytta stortingsmötet till Elverum. Regeringen fick i Elverum, efter initiativ av stortingspresidenten, en generalfullmakt att tillvarata rikets intressen tills kriget var slut. Då överste Hjort fick meddelande om att tyska styrkor var på väg för att fånga kungen och regeringen gav han order till major Helseth att sätta upp vägspärrar och kolonner vid Sagstua och

"

Midtskogen. En provisorisk styrka av rekry-
ter och befäl från Elverum samt även andra
frivilliga sattes upp. En av rekryterna var
Mange Finstad en nittonårig oerfaren man,
kanske mer en pojke, som knappt hade hållit
i ett vapen. Han hade som många andra bli-
vit inkallad på grund av tyskarnas närman-
den mot Norge. Mange var en levnadsglad
ung man som inte var speciellt intresserad
av kriget och vapenhantering. Han var mer
en livsnjutare och hade helst sluppit att bli
en «krigare».

Överste Ruge kommer till platsen och tar
till orda:

– Major Helseth har gett en order som är
  högst viktig att vi följer. En tysk avdelning
  är på väg att ta kungen och regeringen till-
  fånga. Mina herrar, ert uppdrag är att sörja
  för att detta icke sker, lycka till!

Mange Finstad känner sig inte alls bekväm i
situationen, han skulle helst vilja rymma här-
ifrån till ett tryggare ställe. Han känner inte
som sin uppgift att kämpa för Norge, till vilket
pris som helst. Visst är hans land kärt för ho-
nom men han känner sig mer som en världs-
medborgare och hatar allt vad krig heter. Nu

är han dock en i den stridande truppen och måste försöka mobilisera krafterna.

Vädret är kallt och dimmigt, ingen måne syntes till. Mange blev beordrad i en trupp, under kapten Möystads ledning, satt på pass väster om Lysgård på nordsidan av riksvägen beredd att skjuta ner tyskarna innan de hunnit fram till den spärrade bron söder om Midtskogens gård. Bron spärrades av med stora och många timmerstockar. Under tiden då de väntade på tyskarna kom dock en del civil trafik som givetvis inte tog sig fram. De fick ställa sina fordon, också som hjälp till att barrikadera bron, och blev hänvisade att ta sig till fots fram till Elverum. Mange låg stilla tryckt mot marken med vapnet berett och endast ett antal vetesäckar som skydd framför sig och väntade, tillsammans med nio andra frusna rekryter.

Klockan 01.30 kommer tyskarna. De var 90 vältränade fallskärmsjägare med för tiden mycket moderna vapen. De mötte en sammansatt norsk styrka där de flesta inte hade någon militär erfarenhet. Precis som Mange var det flera som inte hanterat vapen förut. De blev beordrade eldgivning och Mange av-

fyrade flera skott mot tre tyskar, som lämnat
sin bil för att omintetgöra den norska grup-
pen bakom vetesäckarna. Mange träffar en av
tyskarna, ser honom falla till marken. Hans
kamrater lyckades pricka de andra två och så
var de undanröjda. Mange mådde illa, vänder
sig om och kräks av obehag. Hade han dödat
en människa? Om de var döda visste de inte
och de beordrades att flytta på sig, inte gå fram
och kontrollera. De tyskar som klarat de för-
sta norska trupperna tar sig fram till den av-
spärrade bron under kraftig eldgivning från
de norska soldaterna. Många blev träffade. De
som klarade sig fram till bron fick lämna sina
fordon och drog sig till fots mot Midtskogens
gård där de med sin eldgivning satte eld på
gården. Området blev upplyst som på dagen.
Finstads grupp blev beordrad att dra fram till
Midtskogens gård för att bekämpa tyskarnas
framfart. De springer bakom buskar och snår
för att komma bakvägen mot gården, måste
hålla ryggen fri, och i ett obevakat ögonblick
blir Mange träffad i höger ben och arm. Han
ramlar omkull, smärtan är olidlig, men han
hinner tänka «Om jag ligger stilla på mar-
ken tror de att jag är död och bryr sig inte om

mig». Och mycket riktigt, han blir trampad på av ett antal tyska soldater i en farlig fart fram mot gården. Han rör sig inte ur fläcken, men har så ont att han tappar medvetandet en kort stund. Vet inte hur länge han legat där, när Olsen kommer fram till honom och frågar:

– Lever du Finstad?

– Jag lever, men har så förbannat ont, tror inte jag kan resa mig, kvider Finstad.

– Vart har du blivit träffad?

– Vet inte, men det verkar vara här på höger sida.

Olsen lyfter upp Mange och släpar honom in i skogen på behörigt avstånd från gården. Eldgivningen är nu nästan avstannad och de förstår inte riktigt varför. Det de inte vet ännu är att den tyske ledaren Spiller har blivit allvarligt sårad och en korpral är död tillsammans med många rekryter. Spiller är så allvarligt skadad att han dör senare på Hamars sjukhus. Det norska motståndet hindrade tyskarnas mål. Kungen och regeringen räddades och tog sig in till Sverige. Den här händelsen hade» mycket stor betydelse för norrmännen att de lyckats övervinna de välutbildade och mer modernt utrustade tyskarna. Detta inspirerade norrmännen att fortsätta motståndet mot tyskarna under det fem år långa kriget.

Mange Finstad hamnade också på Hamars sjukhus, där man plockade ut kulorna ur hans kropp, en i armen och en i höger ben. Detta ledde till att han hade en lång konvalescent framför sig och återfick inte styrkan i framförallt benet, vilket gjorde att han befriades från ytterligare krigstjänstgöring. Finstad som från början varit pacifist ville inte prata om sin «bragd» att han fällt en tysk, inget han var stolt över vilket gjorde att han inte ville vara kvar i det krigsdrabbade Norge, utan tog sig över till Sverige. I Arvika hamnade han på sjukhus ganska snart, då hans ben svullnat upp och han inte kunde gå. Där startade en ny akt i Mange Finstads liv.

Kapitel 22 Arvika
1940-41

På Arvika sjukhus jobbar Synnöve Thielsen som vårdbiträde. Hennes dagar går ut på att vårda sjuka på en ortopedavdelning. Springa i korridorerna med bäcken, rullstolar och torka kräks och bajs och allt vad som ingår i en «pottkusks» vardag. Hon trivs emellertid på sjukhuset och har en dröm om att en dag bli en riktig sjuksköterska. Även om jobbet är arbetsamt, gillar hon att vårda och göra nytta.

I slutet av april 1940 kommer en skottskadad man från Norge till avdelningen. Han är så snygg och verkar trevlig, men han har ett ben som ser förfärligt ut. Uppsvullet och blåsvart. Han blir inlagd på sal 10. Det är en sal som tillhör Synnöves ansvarsområde. Mange Finstad är en lätt patient. Han är glad och lättsam samtidigt som Synnöve förstår att han nog har väldigt ont. Efter endast två dagar på sjukhuset konstaterar överläkare Hansson att benet måste amputeras då han fått kallbrand. Mange tar beskedet med jämnmod, men innerst inne gråter själen. Hur kommer hans fortsatta liv att bli, tänker han. En krympling i rullstol eller kanske i bästa fall med en protes, som gör att han kan gå lite hjälpligt. Han som tänkt sig att jobba som snickare, ett yrke han börjat utbilda sig till som lärling hos en farbror i Hamar. Men han vill inte tillbaka till Norge förrän kriget är över. Spänningen är hög även i Sverige, för dem som bor nära norska gränsen och beredskapen är stor även om kriget inte nått hit. Synnöve har på bara några dagar fått starka känslor för Mange. Inte bara att hon tycker synd om honom, han har en dragningskraft som hon inte kan beskriva. Hon vill vara med honom hela tiden. Måste skärpa sig för att ta hand om de andra patienterna också.

Den 27 april kapas Manges ben av strax ovanför knät. Han ligger nedsövd en hel dag. Synnöve är så orolig för honom. Hon går ner på uppvaket, på sin rast, för att titta till honom. Undrar hur han kommer att reagera när han vaknar. Hon har hört talas om fantomsmärtor, att man liksom kan ha ont i en kroppsdel som inte längre finns. Mange vaknar upp på natten, det är alldeles mörkt i rummet. Han är omtöcknad, fylld av morfin känner han för tillfället ingen smärta, men är inte klar i huvudet. En sköterska kommer fram till honom och frågar hur han mår och om han är törstig. Håller fram ett glas med sugrör i och ber honom dricka. Han är alldeles torr i munnen, den känns liksom hopklibbad. Tar emot vattnet, suger några drag, men orkar inte mer. Sköterskan säger åt honom att sova lite till om han vill, säger att hon snart kommer tillbaka. Mange tittar ner på sitt bandagerade ben, tjockt lindat och kort. Han vet att de skulle kapa benet ovanför knät, men det ser faktiskt längre ut. Kanske de kunde spara knät, då kommer hans rörlighet att vara större, tänker han. Mer orkar han inte tänka, faller in i någon slags dvala där han drömmer märkliga drömmar. När Mange kommer upp till avdelningen dagen efter operationen är Synnöve där. Strålar som en sol när hon får se honom och han lyckas ge henne ett leende. De har pratat en hel del de dagar de mötts och Mange börjar förstå att det är något som spirar mellan dem. Inte bara att Synnöve är

tillmötesgående och sköter sitt jobb utan det
är något mer. Han tycker hon har ett sött utse-
ende och gillar hennes blå ögon och ljusa hår.
De närmaste dagarna består av att hon kom-
mer och ger honom mat, vatten, medicin och
bäcken, flera gånger om dagen. Han tycker
det är så pinsamt att ligga på bäcken och bajsa
och att just hon ska ta hand om det. Men vissa
dagar är hon ledig och då är det andra som
utför sysslorna. Det händer att hon kommer
och hälsar på honom även på sin lediga dag.
Det tycker han är fint. Eftersom kriget härjar
i Norge är det inte lätt att få besök av sin fa-
milj, men en dag kommer hans mor på besök.
Hon har rest från Elverum för att besöka sin
son. När hon ser honom i sjuksängen kan hon
inte hålla tillbaka tårarna och skäms för att
hon är så blödig. Tar upp en näsduk och sny-
ter sig och gaskar upp sig. Det är inte henne
det är synd om det är stackars Mange som nu
inte är en hel människa längre. Det blir en fin
stund mellan mor och son. Modern hoppas
att han snart ska kunna vara hemma i Norge
igen, men han gör henne ledsen då han för-
klarar att så länge kriget fortsätter vill han
inte hem.

Fyra veckor efter operationen är Mange uppe och kör omkring för fullt i rullstolen. Han verkar ha gott humör och är nu inte så fullproppad med morfin längre. Det hade inte blivit som han hoppats att knät var kvar utan benet var kapat ovanför. Den högra armen med skottskadan hade läkt bra, men han hade inte samma ork i den som den vänstra, vilket gjorde att när han rullade rullstolen hade han svårt att köra rakt fram. Läkarna hade sagt att det var bra att han tränade båda armarna med rullstolskörningen.

En natt när Synnöve hade nattskiftet hände det. Hon började klockan 22.00 och skulle jobba till 06.00 på morgonen. Hon började sitt pass med att gå in direkt till Mange och pysslade om honom, frågade hur han mådde och om det var något han ville ha. Efter klockan 24.00 kan jag komma in till dig en längre stund, för då brukar det vara lite lugnare. Mange var nu ensam på sitt rum, då hans rumskamrat fått åka hem på dagen och ingen ny patient hade dykt upp. Mange kände hur han blivit mer och mer fäst vid Synnöve. Han tänkte på när hon masserat hans rygg och armar när han kände sig stel. Hur hon stått nära honom och han kände hennes lukt och hennes bröst snuddade vid hans arm. Bara tanken på henne fick hans kön att resa sig. Det var första gången efter skottskadan som han hade erektion. Han blev glad att han verkade fungera på det området fastän han nu var krympling.

Efter tolvslaget kom Synnöve in på rummet. Hon hade tagit med två öl som hon smusslat med hemifrån och några goda smörgåsar. De sitter där och mumsar och samtalar om livet och allt mellan himmel och jord. Mange tittar djupt in i hennes ögon och säger att han tycker om henne. Hon rodnar och svarar att hon gör detsamma med honom. Därefter städar hon undan maten och lägger sig bredvid honom i den smala sängen. Han makar sig åt sidan och tittar på henne, lite blygt men ger henne en puss. Hon tycker det smakar himmelskt, pussen övergår till en långdragen kyss. De leker med varandras tungor och blir båda mycket upphetsade. Han knäpper upp hennes rock och för in handen sakta och börjar smeka hennes bröst. Hon tycker om det han gör och börjar smeka hans bröst och mage och snart har handen letat sig ner till hans erigerade

kön. Hon stönar till när hon känner hans,
som hon tycker, mycket stora penis. Hon har
aldrig varit så här nära en man förut. Hon
släpper allt vett och sans och känner bara att
detta är underbart.
– Jag vill ligga med dig, får jag det, viskar
  Mange i hennes öra.
– Jag vill också, fnissar Synnöve, men vet inte
  om jag vågar.
– Jag har heller aldrig gjort det, säger han.
Innan hon vet ordet av, har han dragit av
henne trosorna och lyft upp henne sittande
på honom. Han klarar inte av med sitt ben att
lägga sig på henne. De hjälps åt att komma
rätt och på två minuter är samlaget fullbordat.
Hans orgasm kommer snabbt och hon blir all-
deles våt. Det känns så fint, men hon inser att
det inte är rätt. De har inte känt varandra så
länge och tänk om hon blir med barn. Hon är
visserligen 21 år och myndig, men vad kan de
här två få för liv tillsammans?
Den 31 januari 1941 föds Reidun Thielsen,
dotter till Synnöve Thielsen och Mange Fin-
stad. Mange erkände faderskapet, men de
kom aldrig att leva tillsammans.

Kapitel 23

Försommaren tar jättekliv framåt. Björkarna börjar skifta i grönt. Den skira gröna färgen gör sig alltmer gällande. Dagarna blir längre, vårblomstringen har exploderat. Lina och Emma har fullt upp på sina arbeten, men beslutar sig för att träffas en onsdagkväll för att jobba vidare med sin släktforskning. De träffas som vanligt hemma hos Emma, tar var sitt glas vin och börjar spåna. De inser att en väg att gå vidare för att hitta sin far är att ta reda på vilka sanatorier som kan vara troliga. De beslutar sig för att avfärda Dag Henckel som den troliga fadern. Själva tror de mer på spåret med Zach. Det verkar ganska logiskt att hon ropar på barnafadern, när hon ligger där i förlossningsplågor. Han är ju en orsak till att hon ligger där.

De börjar googla på sanatorier i Värmland, Dalarna, Västmanland och Närke. De som verkar mest intressanta är Arvika, Garphyttan och Falun. När de läser mer ingående ser de att endast Garphyttan har tagit emot tbc

sjuka flyktingar under kriget. De beslutar
därför att undersöka Garphyttans sanato-
rium lite mer noggrant. De måste försöka få
tag på patientförteckningar från tiden 1944-
1954. Verkar inte vara ett enkelt jobb. De bör
också kontrollera om det finns förteckningar
på de anställda, om Gudrun verkligen jobbat
där. Det kan inte ha varit förrän på 50-talet,
för innan var hon för ung. Om det kommit
in en pojke på sanatoriet runt krigsslutet,
så måste han ha legat kvar länge om Gud-
run och han ska kunna ha träffats. Funde-
ringarna är många, för systrarna. Emma får
uppdraget att kolla upp om landstinget kan få
fram förteckningar på anställda och patien-
ter på Garphyttans sanatorium. De avslutar
kvällen med att beställa pizza, fortsätter med
vinet, snackar om den försvunna fadern. Ju
mer vin de dricker desto mer kommer sam-
talsämnena att röra annat, som Lefkasresan
och födelsedagsfesten. De blir mer och mer
sentimentala.

– Tänk att jag fått en syster, säger Lina och
  stryker Emma på armen.
– Jag med, säger Emma och skickar en luft-
  puss till Lina.

– Å här sitter ni och blir lite smålulliga, Göran har nu kommit in i rummet. Kommer ni någonstans i ert släktforskande?

– Ja, vi tror att vi är något på spåret. Det kan vara så att vår far var en flykting som kom hit till Sverige i samband med krigsslutet, säger Emma.

– Varifrån då?

– Troligtvis polack, ryss eller tysk,

– Hur har ni kommit till detta? fortsätter Göran.

Systrarna berättar i munnen på varandra vad det kommit fram till och vad de ska undersöka vidare. Att de skulle ha ett utländskt påbrå är inte så konstigt, med tanke på deras utseende. De är från början mörka med grönbruna ögon och lätt för att bli bruna om somrarna, inget blekt nordiskt skinn. Kanske är de av judisk härkomst eller har romskt blod i sig.

– Ja, då får vi ta fram den sjuarmade ljusstaken och spela zigenarmusik, så ni känner er hemma, skrattar Göran och försvinner ut ur rummet.

– Å där var han rolig, säger Emma och pekar finger mot honom.

Tre dagar efter deras träff, tar Emma kontakt med Landstingets administrativa avdelning i Örebro, för att få fram en patientförteckning och lista på anställda på Garphyttans sanatorium. Kontoristen meddelar att de inte får ge ut några listor på patienter. Emma lirkar lite extra och säger att hon själv jobbar inom landstiget och har tystnadsplikt och dessutom är detta så längesedan. Kontoristen lovar att göra vad hon kan, men förbereder Emma på att det kan ta några veckor. Emma frågar också var Garphyttans sanatorium ligger och om det finns någon verksamhet där idag. Hon får till svar att huset är rivet sedan 10 år tillbaka. Tråkigt, tänker hon, då kan vi inte insupa den atmosfären. Det viktiga är dock att försöka hitta om någon Zach finns med i rullorna och om de kan finna Gudrun bland de anställda.

Kapitel 24

Emma är så upptagen med allt som har med Lina och deras ursprung att göra. Hon känner att hon åsidosatt familjen under den senaste tiden. All tid har gått åt till arbetet och på fritiden har hon hållit på med släktforskningen. Emma har gjort ett DNA test, sådant som man skickar efter. Hon topsade insidan av sina kinder, satte ner topsen i en vätska, bröt av pinnen, skruvade på korken och vips var det klart. Nu gick hon och väntade på svaret. Hade fått ett mejl att de tagit emot det, men att det skulle dröja några veckor att få svaret.

På kvällen då hon kommit hem efter en tämligen lugn arbetsdag, vill hon ringa Karl som hon inte haft kontakt med på länge. Hon hade inte pratat med honom på tre veckor. Han hade flyttat till England för tre år sedan då han fått jobb på Astra-Zenicas huvudkontor i Cambridge, som ekonom. Karl hade gått ut handelshögskolan med högsta betyg och efter några års arbete på Astra i

Södertälje, fick han möjlighet att flytta över till Cambridge. Eftersom han var singel och gärna ville se mer av världen var detta ett ypperligt tillfälle, hade han tyckt. Emma och Göran tyckte det var roligt samtidigt som det hade känts tråkigt att ha honom så långt bort. Klart han ska ta chansen till ett utvecklande arbete, var Görans kommentar när Emma varit lite låg. Emma tyckte dock verkligen att barnen skulle vårda sina karriärer och att ta det här jobbet i England var en merit. Hon vande sig dock ganska snabbt och hade tät kontakt med Kalleman, som hon kärleksfullt kallade honom.

– Hej mamma, svarar Karl glatt när han såg att Emma ringde.

– Hej Kalleman, hur har du det? Kom på att vi inte talats vid på flera veckor.

– Jag jobbar som en galning, har knappt hunnit äta ens, än mindre tänkt på dig morsan.

Samtalet pågick i nästan en timme, då allt skulle avhandlas. Karl berättade att han börjat dejta en flicka som han träffat på en pub, dit många svenska ungdomar brukar gå. En svensk flicka, Caroline, som jobbar på ett hotell samtidigt som hon pluggar engelska på

Cambridge University. Han tror att det kan bli något seriöst av det.

– Vi har träffats några gånger och det känns bra, säger Karl med känsla.

Emma blir varm i hjärtetrakten när hon hör Karl berätta. Både att veta att han inte är ensam och att han fortfarande vill berätta för mamma, trots att de inte är så nära varandra längre. Hon är så stolt över båda sina barn. Samtalet avslutas med att Karl berättar att han har för avsikt att komma hem till midsommar, i samband med sin semester. Kanske att han kan ta med Caroline då också om allt går bra. Emma får en sådan energi av samtalet att hon genast drar fram dammsugaren och börjar städa huset. Det var längesedan, välbehövligt att få bort dammråttorna.

– Hallå är det någon hemma, ropar Göran när han stiger in genom dörren

– Jag är på övervåningen, ropar Emma när hon stängt av dammsugaren.

– Jag är vrålhungrig, vad blir det för mat?

– Jag städar ser du väl, jag har ingen mat klar!

Göran slänger av sig jackan och ryggsäcken och kliver in i köket, öppnar kylskåpet och konstaterar att det är ganska tomt. Han stönar, tar ut smöret och börjar bre en macka. Emma kommer farande, börjar berätta om samtalet med Karl och föreslår att de kan hämta mat på den asiatiska restaurangen på Sankt Sigfrids plan.

– Kommer Johan hem ikväll eller är han hos Mattias?

– Vet inte, svarar Göran

Emma ringer och beställer två portioner Pad Thai och konstaterar att det räcker gott och väl även till tre personer om Johan kommer hem. Portionerna brukar vara väl tilltagna där. Hon ber Göran åka och hämta medan hon dukar. Hon tänker på Johan. Han har inte haft det lätt, när han i puberteten förstått att han gillar killar. Svårt att veta säkert om det är så, svårt att prata med föräldrarna om det, men efter några misslyckade dejter med tjejer och ett intensivt förhållande med en kille, så faller bitarna på plats. Johan har nu varit tillsammans med Mattias i snart ett år, de planerar en framtid tillsammans. Mattias har ett år kvar på läkarutbildningen och ska sedan ut på sin AT tjänstgöring. Deras planer är att flytta ihop där Mattias ska göra sin praktik. Verkar som det är lättast att få AT tjänst på något mindre sjukhus, så det är inte alls säkert att de blir kvar i Göteborg. Det är bara att finna sig i att barnen inte kommer att finnas så nära. Emma förstår förnuftsmässigt, men tycker ändå att det är svårt. Det har varit så skönt att ha Johan kvar hemma när Karl flyttade till England. Visst tyckte Göran och hon att det var annorlunda att Johan blev kär i en kille, men de fann sig ganska snabbt i situationen då Mattias är en mycket trevlig och ordentlig ung man. Han är två år yngre än Johan. De som inte gillar bögar brukar han säga, skulle nog tycka att han beter sig lite «fjolligt», inget som Emma och Göran har problem med. Han är en fin kille. De är mest ledsna över att de inte kan få några barn tillsammans, men idag går det ju att ordna på annat vis. «No big deal!»

Pang, dörren slås upp och in kommer Göran med maten.

– Matleverans!

De sätter sig och äter med god aptit, dricker alkoholfri öl och småpratar med varandra. När Göran fått lite mat i sig blir han trevligare, inte så hetsig längre. Han pratar om sin arbetsdag och Emma berättar att Karl kommer hem till midsommar, eventuellt med en flickvän. Intressant, säger Göran mellan tuggorna. Kul att han kanske kan ge oss barnbarn, säger Göran, medan han slevar upp ytterligare en portion Pad Thai. Emma gillar inte när Göran raljerar om Johans sexuella läggning. Hon vet ju att han gillar Mattias, men Göran har haft svårare att acceptera att hans son är bög. Emma är rädd att han ska favorisera Karl, men tror inte det är fallet då Karl befinner sig långt bort. De avslutar måltiden med kaffe och en liten whisky.

Kapitel 25

En vecka innan midsommar dimper det ner ett brev i brevlådan hos Emma, med landstingets logga uppe i vänstra hörnet. Nu är det väl dags för mammografi, tänker Emma, hämtar en kniv för att sprätta upp kuvertet. Men det här känns lite för tjockt för det. Och mycket riktigt det här var något annat. En förteckning på patienter som tillbringat tid på Garphyttans sanatorium under åren 1952-1954. Ingen jättelång lista, då det verkar som patienterna stannat mycket lång tid. Några hade varit inskrivna där i åtta månader. Emma letar febrilt efter ett namn som liknar Zach. Listorna är skrivna på dåtidens skrivmaskin, men är förhållandevis läsbara. Hon ser att det är många utländska namn och förstår då att de är personer som kommit efter andra världskriget och på något sätt hamnat här i Sverige. Det står även i listorna vad de har för diagnos och även om Emma inte är så hemma på latin, så förstår hon att merparten av patienterna har tbc. Under intagna 1952 hit-

tar hon en Zacke Jurman född 1930, en Zackarias Aharonov född 1938. Den sistnämnde är
för ung konstaterar hon snabbt och kollar vidare på 1953. Där finns en Zachary Stawowski
född 1933. Han var alltså 20 år när han kom
hit. Verkar vara den mest sannolike, men hur
går hon vidare nu? Han kan ju tänkas leva,
81 år gammal. Hon känner spänningen stiga.
Det första hon gör är att titta på hitta.se. Kanske han blivit kvar i Sverige. Ingen träff. Då
googlar hon på namnet och får fram något
på polska om Zach Stawoe finns även en text
på engelska om en person med det namnet
som bott i Los Angeles men verkar vara död.
Han var född i oktober 1933 i dåvarande polska Lvov, numera tillhörande Ukraina. Kan
det vara vår pappa tänker Emma och känner
hjärtverksamheten stiga. Hon tar upp mobilen och ringer Lina. Många signaler går fram
innan Lina svarar:

– Tjena syrran, vad har du på hjärtat?

– Jag tror jag hittat något om vår pappa, säger
  Emma

– Vad spännande, vad har du fått fram?

Emma berättar om de uppgifter hon fått fram.
De båda konstaterar att de nog ska spinna

vidare på den tråden. De kan försöka kolla
om Zach hade några barn i USA som går att
få kontakt med. De vet att de famlar lite i ett
tomrum. Kanske är hela historien alldeles för
långsökt, men när de nu kommit så här långt
vill de fortsätta sökandet.

– Har du fått fram något om Gudrun verkli-
gen jobbade på det där sanatoriet? frågar
Lina.

– Nej, jag har inte fått någon lista på an-
ställda, men fick en notering om att even-
tuellt kunna få den vid senare tillfälle. Vad
de nu menar med det?

De avslutar samtalet efter att de bestämt att
träffas på lördagen. 1953 är ju Gudrun bara
17 år, men visst kan det vara möjligt att hon
jobbade där då och 1954 i mars föder hon tvil-
lingarna. Emma funderar vidare om han va-
rit av judisk härkomst och suttit i något kon-
centrationsläger. Vad hade han fått genomgå,
funderingarna är många. Men först måste
de säkerställa att det är rätt Zach de hittat.
Kan det vara så att han föddes som Zachary
Stawowski, men emigrerade till USA och gör
sitt namn mer anglifierat till Zach Stawoe.
Inte orimligt, tänker hon vidare. Även Gud-

run kallade honom Zach. Måste kolla upp om han har några anhöriga som kanske lever. När hon läser vidare får hon fram att han dog 2008. Han verkar ha jobbat på CBRE Group, ett multinationellt konsultföretag i fastighets-branschen som även har kontor i Sverige. Men om denne Zach Stawoe är deras pappa, så har han inte bott i Sverige särskilt länge utan mesta delen av sitt liv i USA. Mycket att ta in, Emma är uppfylld av alla tankar, när hon går och sätter på en kopp kaffe. Hon vill fortsätta sökandet efter barn till denne Zach.

Kapitel 26

Midsommar. För en gång skull lyser solen och det kommer troligen att hålla i sig hela dagen. Emma vet inte när det senast var en varm och fin midsommar. Det var länge sedan hela familjen var samlad. Karl kom för två dagar sedan hem med sin flickvän Caroline och Johan har sin Mattias. De har beslutat att åka till sommarstugan i Mörkviken och fira enbart med familjen. Det har inte hänt sedan pojkarna var små.

I början av midsommarveckan åker Emma och städar huset, vädrar och bäddar rent i alla sängar. De har inte varit här sedan förra sommaren. Det ligger döda flugor i drivor på golvet och är dammigt och instängt. Hon öppnar så det blir genomdrag i huset. Hon slår på huvudströmbrytaren och vattenpumpen. Det kommer vatten i kranen. De har endast sommarvatten och stänger av systemet inför vintern. Det spottar och fräser när vattnet kommer ur kranen. Det är grumligt och rostfärgat, men det brukar försvinna när man spolat en stund. Ungdomarna brukar gnöla över att det är dålig täckning här ute för mobiltelefonerna och wi-fin brukar inte fungera, men Emma och Göran tycker det är skönt att vara bortkopplade här ute. Det är semester för dem att inte vara nåbara. Förr hade de en stationär telefon, men den har de tagit bort. Det går att ringa med mobilen om man går bort till närmaste klippan vid havsbandet. Teve har de inte heller. Här gäller sällskapsspel, läsa böcker och lösa korsord på kvällarna eller varför inte umgås, som Göran brukar säga. Skönt att ta en promenad och kvällsdopp innan sänggåendet. Frid i själen. Emma är väl den i familjen som trivs allra bäst i sommarhuset, kanske för att hon växt upp här. Hon tar fram grönsåpan, som luktar så rent och gott och börjar moppa golven. Huset är inte stort men tillräckligt för deras familj. Ett litet kök med öppen anslutning till det stora vardagsrummet, tre ganska små sovrum med totalt sex sängplatser. En stor altan vetter ut mot havet som ligger ca 100 meter bort. Huset ligger högt och utsikten magisk. Kemtoa och handfat finns i ett angränsande uthus. Göran har konstruerat en enkel utedusch som finns på baksidan om uthuset. På grund av den enkla standarden används det endast under sommarmånaderna. Killarna har väl aldrig varit så förtjusta i att vara här, bara när de var små och fick ha kompisar med sig. Det fina med platsen är närheten till havet och friheten. De närmsta grannarna bor en bit bort, så här kan man gå ostört avklädd, osminkad och ta ett nakendopp när man vill. Hon inser att fönstren är väldigt smutsiga, men känner att hon inte orkar ta tag i det nu. Hon ska be killarna om hjälp dagen innan midsommarafton då de flyttar ut med all packning.

Midsommaraftonen börjar med en härligt lång frukost på altanen. Solen skiner och alla är på bra humör. Efter gemensam hjälp med disken, här finns ingen diskmaskin, går alla ut för att plocka blommor.

– Ska vi göra en midsommarstång? ropar Johan när han går i det höga gräset på ängen.

– Nej, det är för jobbigt, svarar Karl.

– Det vore väl trevligt, säger Caroline. Har inte haft det sedan jag var barn.

– Göran hör konversationen och går till vedboden och kollar om den lilla ställningen

finns kvar. De gjorde en miniatyrstång när
barnen var små. Jodå, den ligger i ett hörn
lite rank och sned, men med lite spik och
snören går den att lappa ihop, tänker han.
– Här är den gamla ställningen, säger Göran
    stolt och visar upp den.
Caroline och Mattias bestämmer sig för att
göra varsin krans till stången och Göran och
Karl smyckar själva stången med de blommor
och grenar som Johan samlar ihop. Emma har
gått in i huset med en stor bukett blommor att
pryda matbordet med. Hon börjar sedan för-
bereda midsommarmiddagen.
   När stången är färdigbunden och upprest,
bestämmer de sig för att ta ett dopp.
– Mamma, ska du med och bada? ropar Jo-
    han.
– Gärna! Ska bara göra det sista med potatis-
    salladen, hörs från köket.
Emma hoppar snabbt i baddräkten och kom-
mer springande när de andra redan är i. Inte
Mattias förstås, som är en riktig badkruka.
Han har bara kommit i till knäna. De andra
hade hoppat i direkt från bryggan.
– Usch vad kallt det är, skriker Mattias.
– Det är bara att kasta sig i, uppmanar Johan.

Mattias är inte uppväxt vid vatten och har inte badat så mycket i sitt liv. Han är dessutom inte riktigt simkunnig. Har aldrig gått i simskola. Johan har manat på honom att han måste lära sig simma. Det hör till allmänbildningen, brukar han säga. En läkare som inte kan simma, det går ju inte, brukade Johan säga. Jag ska väl inte behandla folk i vattnet, brukade Mattias kontra med. Emma dyker i från bryggan, hon trivs verkligen i detta element. Har alltid gillat vatten i alla dess former. Därför är hon lite sur för att de inte installerat dusch i huset och en riktig toa. Men hon inser att det är en stor investering, då de behöver gräva ny brunn och ansluta till kommunalt avlopp. Det är omständligt med alla tillstånd och byråkratin är inte att leka med. Hon kommer ihåg Perssons som hade stora problem innan de fick tillståndet klart. De hade dessutom klagat över hur dyrt det blivit. Vet inte om det är värt pengarna när vi inte är här så ofta hade hon tänkt. Göran var inte det minsta intresserad att satsa pengar i det projektet. Efter doppet är det dags att göra klar middagsbuffén. Hon får hjälp av Caroline och Mattias, medan Göran har lite fader/son snack med sina söner. Det är

inte ofta de träffas. Emma blir varm i hjärtat
när hon ser Göran klappa om sina söner un-
der livligt samspråk. Äntligen kommer maten
på bordet. De har dukat så fint på altanen.
Allt finns på plats, sill, Janssons frestelse, rä-
kor, gravad lax, köttbullar, prinskorvar, fina
små färskpotatisar och nubbe. Solen skiner
intensivt på dem, alla sitter med solglasögo-
nen på, stämningen är hög och en och annan
snapsvisa kommer ut över deras läppar. Vil-
ken lycka att ha en så fin familj, tänker Emma.

Kapitel 27

Hur ska de kunna få veta om Zach Stawoe verkligen är deras far? De måste undersöka om mannen har några barn som finns i livet och kan bekräfta detta. Emma har svårt att koncentrera sig på andra teoretiska göromål. Det går bra när hon behandlar patienter, men när hon sitter med administrativt arbete glider tankarna direkt in på sökandet efter fadern.

En kväll mitt i juli när hon är ensam i huset tar hon fram patientlistan från Garphyttans sanatorium och drömmer sig bort mellan raderna. Zachary Stawowsky, undrar var han är född någonstans och vilken uppväxt han haft. Verkar så främmande, om han nu är deras far, att han levt ett helt annat liv än Emma och Lina. Till och med Emma och Lina har levt skilda liv trots att det bott i samma land. Djupa existentiella funderingar irrar omkring i hennes hjärna. Livet, döden varför allt blir som det blir. Arv och miljö, vad kan jag påverka och vad är medfött? I ett drömskt tillstånd försjunken i sina djupa tankar, säger det plötsligt klick i hennes medvetande. Enkelt larvigt varför har hon inte tänkt på det tidigare. Givetvis ska hon söka på Facebook om hon kan hitta någon som kan stämma in som släkt till Zach. Hans eget namn finns givetvis inte med då han varit död länge och troligtvis inte haft ett konto på Facebook. Hon går vidare och kollar på efternamnet. På Stawoe hittar hon en Eric 45 år boende i Los Angeles, vad han har för yrke framgår inte av kontot. Han verkar inte särskilt aktiv på Facebook och därför får hon inte ut mycket av att läsa det lilla som finns där. På Stawowsky hittar hon däremot en Lukaz och en Josef. De är båda i 50 års åldern men verkar inte ha någon koppling till varandra. Josef är lärare i Seattle och Lukaz har anknytning till CBRE Group i Los Angeles, samma som Zach. Det låter inte helt otroligt att sonen skulle jobba i samma företag som pappa, men varför heter han inte Stawoe som fadern? Någon mejladress till Lukaz kan hon inte hitta, men hon skickar ett meddelande på messenger där hon kortfattat skriver att hon håller på med en släktutredning för att hitta sin pappa och tror att Lukaz kan ha en koppling till detta. Hon tar ett djupt andetag och trycker på sändpilen. Hon ringer Lina för att berätta vad hon gjort, signalerna går fram många och långa utan svar. Om inte den här kontakten leder någonstans, vet hon inte hur de ska fortsätta. De har ju inte heller fått någon lista på anställda på sanatoriet, som bekräftar att Gudrun verkligen jobbade där. Allt kanske är ett snedspår. Trött i huvudet, stel i kroppen och lite hungrig tar hon sig ut i köket, öppnar kylskåpet, hittar en wienerkorv som hon stoppar i sig på stående fot. Därefter till badrummet, kvällstoalett och direkt ner i sängen. Känner sig ensam, både i tanken och fysiskt. Göran är ute med sina kompisar på en golfresa och kommer hem först på fredag.

Medan Emma gör frukost på tisdagen funderar hon över sin arbetssituation. Hon har fyllt 60 år och börjar längta efter pensionen, har haft en del funderingar den sista tiden. Kanske släktforskningen lett till att hon fått grubblerier om meningen med livet och vad man använder sin tid till. Hon gillar sitt jobb, men nu är det så mycket annat hon skulle vilja göra innan hon blir för gammal. Kanske kan hon ta ut någon form av delpension. Hennes pension verkar bli rätt hygglig ändå har hon sett när hon gått in på «Min pension». Göran som är fyra år äldre vill nog inte ens sluta vid 65. Det är redan om ett år och han har inte pratat om det alls, tänker hon. Jobbet betyder allt för honom. Även om han är en inbiten golfare, så vill han nog gärna jobba. Det verkar vara så att jobbet betyder mer för männens identitet än det gör för kvinnor. De är mer beroende av bekräftelse från arbetsgivare och kamrater än vad kvinnor är. Inget säger att de måste sluta samtidigt. De har alltid varit två egna individer och behöver definitivt inte gå i hasorna på varandra. Deras äktenskap är bra och de har roligt tillsammans. Sönerna är viktiga för dem och båda två längtar de efter barnbarn. Göran och hon har inte behövt hålla varandra i handen hela tiden.

Trögt att jobba så här veckorna innan semestern. Hon funderar mycket på pensionen och hur det skulle vara att inte behöva gå till ett arbete dagligen. Emma känner sig ganska redo att retirera, lämna över huvudansvaret till den yngre generationen. Att gå ner på deltid innebär att hon inte kan ha kvar sin chefstjänst, men hon är prestigelös, inte titelsjuk, tycker att ansvaret kan vara tungt. Hon ska ta ett snack med Göran när han kommer hem. Hon vet att hon måste meddela sin arbetsgivare ett år i förväg, så direkt när hon kommer tillbaka ska hon prata med sin chef. Hon ska lägga fram ett förslag att få jobba fyradagarsvecka med start redan i maj nästa år.

Hon gör ett nytt försök att ringa Lina, som inte svarar nu heller. Då kommer Emma ihåg att Linas telefon inte fungerar så bra. Men hon borde ha sett att jag ringt, tänker Emma lite oroligt, hon kan väl åtminstone svara på ett sms. Bara det inte hänt henne något. Har jag inte fått någon kontakt ikväll, åker jag till hennes lägenhet och kollar i morgon bitti, tänker hon vidare. Hon känner sig riktigt nojjig, skickar själv ett sms till Lina «Jag vill gärna få kontakt med dig». Därefter tar hon på träningskläder och ger sig ut på en rask promenad i ett sommartrött Göteborg.

Kapitel 28

Natten har varit orolig. Emma vaknar flera gånger med hjärnan på högvarv. Dels hennes arbetssituation och beslutet att på sikt jobba lite mindre, dels ängslan att Lina inte svarat på hennes samtal och sms. Hon hade en konstig dröm. Hon drömde att Lina och hon sitter i en liten segelbåt, långt ute på ett öppet hav. Sjön är orolig, svart och kall. De kastas hit och dit, båten klarar inte av vågorna. Det knakar i träskrovet. Himlen är mörk, det är natt. Svarta korpar sätter sig i den lilla masten, skränar öronbedövande. Allt är mycket kusligt. Plötsligt slits båten itu på mitten och Lina flyter iväg ifrån henne. Emma ser Lina försvinna i ett dimmigt töcken, vaknar upp och är alldeles kallsvettig. Hon är så rädd att förlora sin syster, nu när hon äntligen hittat henne. Tittar på klockan, den är 04.30 hon kan inte ringa Lina nu. Hon skickar ytterligare ett sms, «varför svarar du inte, jag är orolig». När klockan är 05.45 och hon inte lyckats sova något mer, stiger hon upp. Går in i duschen, väntar in det varma sköna vattnet och låter sig överspolas länge innan hon börjar med schampo och tvål. På med kläderna, snabb sminkning, en kopp te och direkt ut till bilen. Hon måste ta sig till Frölunda och kolla om Lina är där. Hon kommer in i trafikens morgonrusning, tar en omväg som hon vet går snabbare, men det är ganska tjockt även här, då det är ett vägarbete som gör trafiken enfilig en lång sträcka. När klockan är nästan åtta rusar hon in i trappuppgången, har parkerat bilen lite slarvigt på en vändplats där man inte får stå, men nu är det bara Lina i tankarna. När hon kommer upp på rätt våning ringer hon på dörren och ut kommer Lina nyvaknad och rufsig i håret.

– Men hej, vad gör du här så här dags på dagen. Jag har semester och vill sova.

– Jag har varit så orolig, varför svarar du inte när jag ringer och sms:ar? säger Emma ängsligt.

– Har du ringt? jag har problem med min telefon, den stängs av stup i kvarten.

– Se till att få den lagad då, jag klarar inte av att inte kunna nå dig.

– Du tror verkligen att du är min morsa? fnyser Lina irriterat.

Lina förklarar att hon inte har råd att fixa telefonen. Den fungerar ibland och ofta går det bra att ringa ut, men det är svårare att ta emot samtal, så hon tycker inte det är panikartat. Hon är van att klara sig utan den senaste tekniken.

– Du har en sån gammal telefon, säger Emma. Jag kan köpa en ny till dig om du klarar av abonnemanget själv.

– Abonnemang, jag har alltid haft kontantkort.

– Du kan få ett bra abonnemang för 250 kr i månaden och då har du fria samtal, sms och mycket surf, fortsätter Emma som värsta försäljaren.

– Jag surfar inte mycket.

– Jag vill gärna hjälpa dig med det här, kan jag få göra det? Du betyder så mycket för mig.

Lina känner sig överkörd av Emma, men inser att det skulle vara bra med en fungerande telefon. De bestämmer att träffas senare i veckan för att ordna en ny telefon till Lina. Emma berättar också vad hon fått fram om

Lukaz Stawowsky, att han kanske är ett spår att jobba vidare på i deras sökning efter pappan. Emma är inte på plats på Sahlgrenska förrän klockan nästan är nio. Inga patienter inbokade på morgonen, men mycket administrativt arbete som måste vara klart idag. Hon tar en kopp kaffe, börjar med fakturorna, drar en lättnande suck över att inget allvarligt hänt Lina.

Kapitel 29

Lina tycker det är skönt med semester, men det är tråkigt att vara i stan hela tiden. Visst är Slottsskogen fin, men inte varje dag. Sofie har varit hemma några dagar. Det var givetvis trevligt. Lite shopping, bad i Delsjön och rosévin på balkongen. Sofie har endast två veckors semester så hon vill försöka få ut så mycket som möjligt av de dagarna. Lina saknar huset på Styrsö som hon hade tillgång till när förhållandet med Magnus var okej. Visst saknar hon Magnus, men det börjar svalna. Lina åkte ut till Jens i Mölndal och lekte med barnbarnen, men det kändes som Jens sambo inte var så road av att ha henne i huset. Lina tänker mycket på sina barn och barnbarn. De betyder så mycket för henne, men det är inte alltid så lätt att umgås, när nya partners kommer in i bilden. Kristina är hon mest oroad för och hennes begynnande alkoholism. Det är tur att hennes barn är äldre. Lina hade försökt tala med Kristina om hennes drickande men hon var inte mottaglig. Än så länge verkade hon klara sitt jobb som undersköterska, men om hon inte tar tag i sina problem kommer hon snart inte ha jobbet kvar, oroar sig Lina. Huvudsaken att jag får vila upp mig på semestern, tänker hon vidare. Kan kanske följa med Emma och hennes familj till deras sommarställe. Hon vill inte hänga för mycket på Emma, men de kanske kan tillbringa några dagar tillsammans. Emma ville ju att de skulle träffas i veckan och köpa telefon till Lina. Lina tycker det är förskräckligt genant att Emma ska handla grejer åt henne, men själv har hon inte möjlighet just nu att lägga pengar på en telefon. Hennes hyra är hög, hon måste försöka hitta en annan lägenhet. Kanske kunna få lite mer i bostadsbidrag nu när inte Sofia bor hemma och betalar för sig. Behöver inte ha så stort nu när alla barnen flyttat hemifrån. Västra Frölunda är inget dåligt ställe, även om det händer ett och annat i den här stadsdelen också. För tre månader sedan var det en dödsskjutning på en gång- och cykelväg inte långt från hennes hus. Som så ofta var det kriminella gäng som inte kom överens, de tar till vapen och utgången blir den värsta tänkbara. Den här gången fanns inga oskyldiga i närheten, men en viss rädsla finns hos de boende att de ska befinna sig på fel plats vid fel tidpunkt. När Lina åker med spårvagnen har hon en tunnel hon måste gå igenom för att ta sig till sin lägenhet. Den är visserligen kort, men mörk och ibland står det udda typer där inne, speciellt om det är dåligt väder. I hennes hus bor en blandning av unga och gamla. Finns till och med en del studentlägenheter. Därifrån kan det vara lite högljutt ibland på helgerna, men Lina tycker det är skönt att höra lite liv och rörelse. Känns inte så ensamt. Hon har varit van att ha en stor familj och nu sitter hon i sin lägenhet mol allena. På baksidan av huset har hon sin balkong. Den vetter ut mot en skogsdunge, helt utan insyn. Där kan hon sitta på somrarna och fika eller ta ett glas vin. Det är hennes lilla oas i livet. Hon borde ta kontakt med bostadsbolaget om hon skulle kunna byta sin lägenhet mot en mindre, kanske i samma område. Byter hon område till något mer attraktivt blir hyran kanske inte mindre även om lägenheten är det. Hon har länge haft en dröm att bo i en gammal, men rustad lägenhet på Linnégatan, men det kommer att förbli en dröm, då hyrorna där är mycket höga. Många bostadsrätter finns där också och det kan inte komma på tal för Lina. Hon skulle inte få ett banklån med sin lön. Lina tar upp sin gamla telefon ur handväskan och slår numret till Emma. Får försöka flera gånger innan det lyckas gå fram signaler. Visst är telefonen dålig. Jag får bita i det sura äpplet och ta emot hjälpen från Emma, tänker hon innan Emma svarar.

– Hej Lina, trevligt att du ringer.

– Är du spydig nu, säger Lina buttert.

– Nej, det är jag verkligen inte. Jag menar vad jag säger. Alltid roligt när du hör av dig.

Lina berättar att hon tänkt på erbjudandet att få hjälp att skaffa en telefon, hon vill gärna ha Emmas hjälp. Emma blir glad, tar fram sin kalender för att se vilken dag som passar att gå till Telia-butiken. Hon har själv en telefon som är köpt där och med deras abonnemang är hon helnöjd. De är så vänliga i butiken och har man några problem med telefonen, får man alltid hjälp där, berättar hon för Lina.

– Vi kör på det, säger Lina

– Jag kan på fredag efter kl 16.00, säger Emma.

– Det blir bra.

– Javisst, vi kan väl ses utanför butiken på Larmgatan vid den tiden.
– Systrarna avslutar samtalet med några ord om deras pappa, vad som ska bli nästa steg i deras sökande efter fadern och eventuella halvsyskon. Lina tänker att hon själv inte gjort mycket i sökandet efter släkten. Det är Emma som styr hela processen, men hon tycker det är okej, då hon själv inte är så duktig med datorer och administrativa göromål. Men det var faktiskt Lina som startade hela karusellen i och med att hon tog kontakt med sin syster.

Kapitel 30

Lina är så glad för sin nya telefon. Hon sitter på spårvagnen och fipplar på telefonen precis som alla andra. Emma har visat henne hur hon läger in appar, skaffat swish, BankID och annat som kan vara bra att ha. Hon är på väg till Emma. De ska jobba vidare på fadersspåret. Emma har äntligen fått ett svar på messenger från Lukaz Stawowsky. Han känner inte till en Zach, så tydligen är detta ett felspår. Innan det gör något annat bör de kolla upp han som heter Josef Stawowsky i Seattle, men även Eric Stawoe. De skickar samma meddelande till dem båda.

– Nu är det bara att hålla tummarna, suckar Emma

– Hur går vi vidare om vi inte får träff på någon av dem, säger Lina bekymrat.

– Jag vet inte. Då är det nog kört, svarar Emma och kliar sig i nacken.

De lagar till en sallad av det som finns i kylskåpet, går ut på altanen denna finna lördag

i början av juli. Solen lyser, värmen gör gott
och samvaron mellan systrarna är fin. De
pratar om semester. Lina har just börjat sin.
Emma ska inte börja sin semester förrän sista
veckan i juli. Hon hade lite ledigt i samband
med midsommar, då hela familjen var sam-
lad. Hon har planerat in sex veckors ledighet
och fått det beviljat.

– Ska bli så skönt att vara långledig, säger
  Emma
– Har jag möjlighet att vara med er något i
  Mörkviken i sommar? frågar Lina
– Visst kan du det, hur länge har du semester?
– Jag börjar jobba den 30 juli.
– Då får det bli min första och din sista vecka,
  säger Emma.

Lina tycker det är en bra idé, då har hon något
att se fram emot. Hon har ju sina barn och
barnbarn men hon träffar dem inte så mycket
som hon skulle önska. Sofie har hon fått träffa
några dagar. Arvid ser hon inte så mycket av,
sedan han flyttat till Umeå. Kristina, Jens och
Jörgen bor alla i Göteborg med omnejd. Hon
hoppas få vara lite med dem och alla barn-
barnen. Kristinas barn är tonåringar nu, det
är inte så intressant med mormor längre, men

Jens och Jörgens barn är yngre och för dem är mormor fortfarande en viktig person.

De dricker ett glas vin till salladen och avslutar med en kopp kaffe och smaskiga glassbåtar som Emma införskaffat till tillfällen av sötsug. Hon jobbar mycket med att få ner sitt sötsug. Har varit en riktig godisråtta under större delen av sitt liv. Det är nog största anledningen till att hon på senare år dragit på sig ett antal kilon för mycket. Trots att hon rör sig en hel del, så lägger hon på sig. Började efter klimakteriet. Hon vet ju att ämnesomsättningen i kroppen inte är lika hög när man blir äldre, men har ändå svårt att hålla sig från sötsakerna och lite för stora matportioner blir det också.

– Hur gör du för att hålla dig så smal och fin? frågar hon Lina

– Jag gör ingenting särskilt, förutom att jag inte äter så stora portioner.

– Nej, det märker jag när vi äter tillsammans.

– Visst är det märkligt att vi är olika där, vi som troligtvis är enäggstvillingar.

– Kanske det beror på att vi växt upp i olika miljöer, säger Emma och slickar sig om munnen.

Medan de sitter på altanen och avslutar sin måltid, pinglar det till i Emmas mobil. Hon har ett meddelande på messenger. Hon öppnar det snabbt, ser att det kommer från Josef i Seattle. Han meddelar att någon Zach eller Zachary känner han inte till. Han berättar att hans far och dennes föräldrar kommer från Krakow, men emigrerade redan 1938 innan krigsstarten. Hans mor var italienska och kom med sina föräldrar som barn till USA.

– Vad tråkigt, ska vi inte kunna hitta vår far, suckar Lina.

– Nej, vi kanske är inne på helt fel spår, men att han heter Zach eller Zachary känns ju troligt. Reidun verkade så säker på namnet som mamma ropade under förlossningen.

– Vi får inte tappa sugen. Förresten har du fått svar på ditt DNA test ännu? frågar Lina.

– Nej, det har jag inte. Det har verkligen tagit lång tid. Hoppas att det kan ge något.

Kvinnorna sitter i solen och småpratar om allt och inget när Göran kommer hem. Han slänger sin väska i hallen och går direkt till kylskåpet.

– Är du hungrig älskling? Har det varit job-

bigt på innebandyn? säger Emma och blin-
kar år Lina

– Jag är jättehungrig, blev så dålig frukost i
morse.

– Det finns sallad så det räcker åt dig med.

– Sallad, jag måste ha något mer, finns det
bröd?

– Javisst älskling, kolla på det vanliga stället,
säger Emma med tillgjort vänlig röst.

Göran kommer ut på altanen iklädd gym-
pakläder med ett stort lass sallad, tre mackor
och en öl. Han äter med god aptit och hans
lite aggressiva beteende börjar släppa alltefter
maten försvinner i hans strupe.

Kapitel 31

Högsommar. Det märks att folk börjar ha semester. Det är fullt överallt. Det pratas lika mycket engelska och tyska som vårt eget modersmål, tänker Emma när hon går i centrum för att uträtta ärenden. En härlig dag som man helst skulle tillbringa ute i skärgården funderar hon vidare. När hon går över Kungsportsbron och ser Paddan ligga där nedanför, fullastad med turister, inser hon att det säkert är 20 år sedan hon åkte med den. Det var när de hade några av Görans släktingar från USA på besök som de tagit en tur med båten för att visa dem Göteborg. Hon borde fråga Lina om hon har lust att följa med någon dag. Det kan vara mysigt att turista i sin egen stad. Hon kommer hem och tar in posten. Har fått ett brev från Landstinget. Hon sprättar upp det snabbt och där ligger, som det ser ut, en personallista. Mycket riktigt det är en lista över de som jobbade på Garphyttans sanatorium åren 1952-1954. Namnen står inte i bokstavsordning utan i den ordning de startade sin anställning. Hon hittar Gudrun Lagergren på sidan två. Det framkommer att hon började sin anställning i februari 1953, endast 17 år gammal. Hon kan inte ha jobbat där länge. När hon började bli tjock om magen blev hon skickad till mödrahemmet i Karlstad. Hon kan inte ha känt Zach länge innan hon blev gravid. Han skrevs ut från sanatoriet 1953, men de kan ha fortsatt att träffas även efteråt, tänker Emma vidare när hon läser den långa anställningslistan. På den här tiden verkade vårdinrättningarna vara rikligt bemannade, inte som idag att det saknas folk. Fler var tacksamma över att ha ett arbete att gå till. Ungdomarna började jobba tidigt vid den här tiden, inte som idag att de går i skolan till de är 25 år.

Nu har hon fått bekräftat att deras mor jobbade på Garphyttans sanatorium. Yes, vilken lyckträff! Hoppas bara att den Zach vi hittat verkligen är vår far. Hon skickar iväg ett sms och berättar för Lina om anställningslistan där Gudruns namn finns med. Hon tillägger i sms:et att hon tycker de ska ta en tur med Paddan, någon dag nu under sommaren, trycker på sänd och känner sig riktigt upprymd. Det är nu flera veckor sedan hon gjorde DNA testet, undrar varför det tar så lång tid? Hon vet inte heller riktigt vad hon kommer att få svar på, men förhoppningsvis vad det är för nationalitet på deras far. Det kan hjälpa dem att hitta rätt Zach. Med sin nyvunna energi börjar hon städa, samtidigt startar hon en tvätt och funderar ut en god middag till denna onsdagskväll. Sista veckan innan semestern börjar. Redan första veckan ska de åka till Mörkviken, viktigt att tvätta och göra iordning allt som ska med. Härligt att Lina följer med också. Det blir en stillsam vecka utan ungdomarna. Ska bli skönt avkopplande tänker hon vidare.

När Göran kommer hem från jobbet är maten nästan färdig. Kycklingklubbor, rostad potatis, haricot vertes frästa med lök, chilli och tomater. Till det ett Pinot Gris, gott vitt vin från Alsace. Efterrätter är hon inte så intresserad av, varken att laga eller äta, men glass går alltid hem tänker hon medan hon dukar. Hon lägger på de fina tallriksunderläggen, blekrosa i vävningen «gåsöga». De grå tallrikarna passar bra, de vackra Ittalaglasen och starkt rosa servetter. Hon tycker om att «lyxa» till det i vardagen. Har alltid gillat det även när barnen var små. Johan var inte gammal när han frågade mamma «kan vi inte ha vardagslyx idag, mamma?» Det kunde vara alltifrån dyrbar mat en måndag till att det endast handlade om dukning med fina servetter och blommor på bordet till korv stroganofen. Matlagning har hon alltid varit intresserad av. Undrar varifrån hon fått det, för hennes adoptivmamma var inte alls intresserad av matlagning. Elsa gick helt upp i sitt jobb som läkare, tyckte definitivt inte om hushållssysslor, men hon var en mjuk och go mamma. Det var skönt att krypa upp i hennes knä när hon kom hem på kvällarna. Maten hade deras hemhjälp Karin ordnat. Det rådde ett lugn i familjen Thunander, som Emma uppskattade. När hon nu tänker på mamman får hon dåligt samvete att hon inte hälsat på henne på mycket länge. Hennes alzheimer var så långt gången att förra gången Emma var där visste inte mamman vem hon var. De kunde inte föra ett vanligt samtal. Elsa var helt frånvarande. Emma hade blivit så ledsen att hon inte visste hur hon skulle agera i deras möte. Personalen hade sagt att hon försämrats mycket den sista tiden. Elsa har nu levt i sin egen lilla värld i över tio år. Hon fyller 90 år i höst, vet inte om hon kommer att uppskatta någon uppvaktning, men givetvis ska de uppmärksamma dagen och åka till henne i Stockholm. Emma tänker ofta på sin mor, men undrar också om hon skulle känna på annat sätt om det varit hennes biologiska mamma. Det kommer hon aldrig att få svar på och varför grubbla över det. Med tanke på att alzheimer är en ärftlig sjukdom, kan det vara en fördel att hon inte är min biologiska mamma, tänker hon vidare. De äter den goda middagen, småpratar om barnen och släktutredningen. Emma tycker att de har det väldigt gott tillsammans, Göran och hon. De respekterar varandra, älskar varandra men är starka individer var för sig.

Kapitel 32

Det plingar till i Emmas mobil. Klockan är fem på morgonen och Emma vaknar med ett ryck. Meddelandet är på engelska från Eric Stawoe. Emma reser sig yrvaken ur sängen och börjar läsa, långsamt för att förstå vad som står där. Eric berättar att hans far hette Zach Stawoe, men hans riktiga namn var Zachary Stawowsky. Han föddes i den då Polska staden Lvov, som nu tillhör Ukraina. I Lvov fanns en stor judisk population, men endast 200-300 personer överlevde andra världskriget, däribland hans far. Fadern kom till USA på femtiotalet. Eric visste inte exakt vilket år. Zach hade blivit räddad från koncentrationslägret i Auschwitz av svenska Röda Korset. Blivit transporterad i de «vita bussarna» och kommit till ett vårdhem i Sverige. Där tillbringade han en längre tid, då han hade tbc och var mycket svag. Att han sedan emigrerade till USA tror Eric beror på att han hade en kusin som flyttat till USA redan innan kriget. Zachary hade inga nära släktingar kvar i livet. Mamman, pappan och en syster hade dött i lägret. Eric beskriver att det är i stort sett allt han vet, då pappan varit mycket förtegen om händelserna i Auschwitz och början av sitt liv. Att han skulle ha barn i Sverige hade Eric inte någon aning om. I sitt sätt att skriva låter han skeptisk. «are you shore that your father emigrate to US?» Det är klart hon inte kan vara säker, men hon tycker att några pusselbitar är på plats. Eric avslutar med att berätta att han föddes 1969 med Zach som pappa och faktiskt en svensk mamma Eva, som kommit till USA för att pröva lyckan som fotomodell. Den karriären blev mycket kortvarig då hon ganska omgående blev gravid med Eric. Eric har inga syskon. Men kanske har du det nu, tänker Emma när hon börjar läsa meddelandet en gång till. Han skriver ingenting om att han vill ha kontakt med dem, men nu vill inte Emma ge sig förrän hon fått svar på alla frågor. Nu är de ju äntligen någonting på spåren. Hon kan förstå att Eric blir lite chockad att få reda på att han kanske har syskon i Sverige. Undrar om han talar svenska? Han har ju svensk mamma. Hon är fast besluten att fortsätta kontakten med Eric och hoppas att han inte ska avvisa dem. Nu måste hon tala med Lina och berätta om meddelandet. Kan inte ringa så här tidigt, men sova mer kan hon inte. Är alldeles för upprymd. Göran vaknar och undrar vad hon gör så här tidigt.

– Måste du fippla på telefonen mitt i natten? Har du inte hört hur det stör nattsömnen med mobilen intill sig när man ska sova?

– Jag väntade ju på ett viktigt meddelande.

– Och det måste läsas mitt i natten?

– Ja, det kommer från USA och handlar troligtvis om Linas och min pappa.

– Va, säger Göran och reser sig upp i sittande ställning, har ni fått träff?

– Tror det, säger Emma

De försöker vila en stund till, men sova går inte. Klockan halv åtta ringer Emma till Lina, berättar exalterat om Erics meddelande. Hon berättar att hon tror att de träffat rätt och måste fortsätta kontakten med Eric, för att försöka få mera information. Kan de sedan koppla ihop Emmas DNA test med de uppgifter de får, så borde de vara i hamn. Kanske de kan våga be Eric att göra ett DNA test, då blir de helt säkra. Han borde inte ha något emot att få syskon, då han inga har sedan tidigare. Men människors reaktioner kan man inte alltid förstå sig på, det vet Emma av erfarenhet i sitt jobb. Han svarade i alla fall på vårt meddelande säger hon till Lina, som nu också är uppe i taket av upphetsning över att de kanske äntligen kan sluta cirkeln. Även om de inte kan få svar på alla sina frågor, kan de i alla fall få bekräftat vem som var deras far och hur han haft det i livet. Spännande att Eric också hade en svensk mamma. Undrar om hon lever? Då kan hon ju ge oss ytterligare bra information hur Zach var i sitt yngre liv.

– Vi får träffas och göra en sammanställning av våra frågor, säger Emma

– Ja, så fort som möjligt, medan Eric är varm. Han kanske tappar intresset. För honom är det kanske inte lika viktigt som för oss, tillägger Lina.

De bestämmer att träffas om två dagar hos Emma. Med det avslutar de samtalet. Emma äter en macka på stående fot, tar en kopp kaffe, sliter med ett äpple och hastar iväg till Sahlgrenska.

På jobbet har hon svårt att koncentrera sig. Men idag har hon flera patienter som ska få behandling och gångträning. Bra med handgripliga arbetsuppgifter och inte administrativt arbete tänker hon, då hon har svårt att samla tankarna. Viktor är en 22 årig kille som vid en skidolycka i Alperna bröt benen på flera ställen, samt trasigt bäckenben på höger sida. Han är opererad flera gånger, är ihopspikad och ska nu lära sig att gå ordentligt. Han har fått en liten vridning på högerbenet som gjort att benet inte fungerar riktigt som det ska. Man vet inte om han behöver opereras igen eller om han med träning kan bli så bra att han klarar ett vardagligt liv. Han hade oturen att i samband med benbrotten få blodförgiftning. Han har varit riktigt dålig och tillbringat ett halvår på sjukhus. Trots detta är han en positiv och glad kille som är rolig att jobba med. Han är en riktig kämpe. Emma är övertygad om att han kommer tillbaka till ett väl fungerande liv.

När Emma kommer hem är hon full av funderingar kring judendomen. Hon googlar för att få information. Enligt den judiska lagen «halacha» är man jude om man är född av judisk mor eller om man konverterat till judendomen och blivit erkänd av en rabbin. Men vi har ju judisk far och kristen mor, tänker hon vidare och fortsätter läsa. Hon läser att inom den mer moderna judendomen kan i vissa fall accepteras att en person med endast judisk pappa kan kalla sig jude. Tur att man inte föddes som pojke, för då hade man blivit omskuren, säkert en smärtsam historia. Emma har aldrig engagerat sig i religiösa frågor tidigare och blir nu överraskad att religionstillhörighet skulle ha någon betydelse. Man kan se den judiska identiteten på olika sätt, en religiös identitet, en kulturell identitet eller ett nationellt ursprung. Hon känner att det sistnämnda är det mest aktuella i hennes fall. Att ha fått klart för sig sitt nationella ursprung.

Kapitel 33

– Hej det är Emma. Jag har fått svar på mitt DNA test.

– Vad spännande vad har de fått fram? Är du en afrikan från Somalia, hehe?

Emma berättar ivrigt om testet från MyHeritage. Hon är 50 % skandinav, och 50 % polack och löpande kommer det in träffar med personer som kan ha någon typ av släktskap med henne. De ploppar upp i hennes mejlbox allteftersom, men ingen av dem har någon hög grad av träff. Det mesta är en på 16 % träff och det är en Sören Johansson, måste vara någon släkt på mammans sida. Kan vara kusin eller annat enligt rapporten. Hon känner ingen Sören Johansson, men vet ju inte mycket om släkten ens på sin mammas sida.

– Men då är vi ju på rätt spår, utbrister Lina. Om vi är polacker till hälften, det innebär att en av våra föräldrar är därifrån. Pappa Stawowsky är säkert vår pappa. Det här börjar bli riktigt spännande.

Emma känner att hon blir känslosam och tårarna börjar rinna ner för hennes kinder. Hon blir tyst.

– Vart tog du vägen, ropar Lina när det blir tyst i telefonen.

– Jag blev visst lite känslosam, hickar Emma och snyter sig.

– Det här känns stort utbrister Lina.

– Jag tar ut hela rapporten på papper och visar dig när vi träffas nästa gång.

Emma berättar om hennes infall att de ska leka turister och ta en tur med Paddan. Lina tycker det är en kul idé och de bestämmer att göra det redan på Emmas första semesterdag innan de åker till Mörkviken. De konstaterar att en måndag är det nog inte så mycket folk. De avslutar samtalet och enas också om att jobba vidare med Eric som troligtvis är deras halvbror. Emma sätter på en kopp kaffe, går till datorn och printar ut rapporten från MyHeritage, sätter sig i älsklingsfåtöljen. Hon läser igenom hela rapporten en gång till, blir sittande en lång stund medan tankarna snurrar i huvudet. Hon får alla möjliga konstiga associationer, allt ifrån svartmuskiga karlar till krymplingar och inte minst hur Gudrun ligger och föder fram tvillingarna under stor vånda. Vi har varit föräldralösa hela livet tänker hon vidare, men det är ju inte sant. Hon har växt upp i en bra familj och inte lidit någon nöd. Då har Lina haft det mycket jobbigare, med många pekpinnar och inte ett så fritt liv som Emma haft. Inte kunde hon i sin vildaste fantasi tänka att det skulle vara så jobbigt känslomässigt att söka sina rötter. Många funderingar och känslor som åker berg och dalbana i hennes kropp. Hon måste smälta det här innan hon orkar ta tag i Eric på andra sidan Atlanten. Det vore så mycket enklare om vi kunde träffas öga för öga och tala om det här, tänker hon, men vet inte ens om han är intresserad. Göran kommer in i rummet och ser sin hustru med tårdränkta ögon och undrar vad som hänt. Emma berättar om DNA testet och alla tankar runt det. Göran lyssnar, men innerst inne kan han inte förstå att det här är en sådan stor sak för Emma. Hon har haft en bra uppväxt vad han har förstått och kan nu inte riktigt fatta hur den här ursprungshistorien kan virvla upp så många känslor. Undrar om Lina är lika «prillig» tänker han, men säger naturligtvis inget till Emma. Han bara lyssnar. Det är något han lärt under åren med henne, att när hon går igång är det bara att ta det lugnt och lyssna, går han till motangrepp blir det kaos och hårda ord och det är det inte värt.

– Men älskling, säger Göran och kramar om Emma varsamt och länge. Ska vi ta en långpromenad, lufta lungorna och själen. Det tror jag vore bra just nu eller hur lilla gumman?

– Jo, snyftar Emma, vi gör det.

De går i rask takt mot Delsjön för att gå ett promenadstråk där. De har även tagit med badkläder för att kunna ta ett dopp i sjön. Både Emma och Göran är barnsligt förtjusta i att bada. Både att simma långt och busa i vattnet som småbarn. Göran vet att badning är något som får Emma på gott humör. Hon kan hoppa i vattnet tidigt på försommaren när det inte är många grader i vattnet, medan han vill ha lite mer behaglig temperatur innan han stoppar ner sin lekamen i det våta elementet. Nu är det dock skön temperatur, på grund av det varma vädret som varit under sommaren, även på nätterna. När de kommer fram till badplatsens kiosk, ser de en skylt där det framgår att det är 23 grader i vattnet. De byter om och rusar ner i vattnet som uppspelta barnungar. Vem kan tro att de är 60 plussare, tänker Emma, men struntar fullständigt i vad badfamiljerna runt omkring dem tänker. Ibland är hon förvånansvärt fri från hämmande tankar om utseende och beteende. I vattnet känner Emma hur spändheten och grubblerierna sakta rinner ut i sjön där de simmar fram till flytbryggan mitt i sjön. Även Göran tycker det är befriande att susa fram i vattnet. Här ute är det inte så mycket folk. De flesta plaskar inne vid stranden med sina barn. Hos Emma dyker det upp en annan skön känsla där hon simmar och tittar på sin älskade Göran. Han väcker fortfarande en pirrighet i henne, trots att de varit tillsammans så länge. Han är verkligen både trygghet, bästa kompis och älskare. Hon vill inte tänka på hur livet skulle vara om inte han fanns i hennes närhet.

Kapitel 34

Kön till Paddans biljettkassa vid Kungsportsplatsen är lång, denna mulna måndag. Emma och Lina står och väntar. Hoppas de hinner med nästa tur och inte behöver vänta ännu längre. Många utländska turister i livligt samspråk med varandra. Verkar vara ett stort gäng japanska turister, alla med Nikon kameror runt halsen. Men som Lina säger är det svårt att veta om de är japaner eller kineser.

– Japanerna har ledsnare ögon, och det har de här, viskar Emma.

– Varför viskar du, tror du de förstår vad du säger?

– Det är väl en instinkt att inte prata högt om folk, även om de inte förstår, säger Emma lika tyst.

Systrarna kommer inte med den första båten, som kommer in till kajen utan får vänta till nästa. Det finns fler båtar, så väntan blir inte lång. Nu är de mest oroliga att det kanske börjar regna. Det blåser en hel del också. Förutsättningarna är inte de allra bästa för en båttur, men de ska inte ut på öppet vatten. Det blir säkert okej. De har tagit med sig var sin regnponcho om regnet blir för häftigt. Flickan som är guide på båten är trevlig att lyssna till, hon verkar ordentligt påläst. Hon har även förvissat sig om det är utländska turister ombord. Japanerna kom med förra båten. I den här är endast några tyskar med men Karin som guiden heter, förklarar att hon tyvärr inte kan någon tyska och frågar om det är okej på engelska. Det är det, Lina och Emma tycker det är bra att hon drar allt två gånger då är det alltid något som fastnar. 20 broar ska de passera under den här färden. De får också instruktioner att när de åker under vissa broar måste de huka sig för att inte bli halshuggna, säger Karin och skrattar. Lite makabert tycker Lina men förstår vad hon menar när de kommer till första låga bron. Inte kul att fastna med håret i brovalvet. Karin berättar om kanalerna från 1600-talet och den gamla vallgraven. Hon berättar inspirerande om klassiska skeppsvarv, fiskehamnen, nya och gamla bostäder och fartygsmuseum som de passerar på rundturen. Fartygsmuseet består av 18 fartyg och pråmar och är väldens största flytande fartygsmuseum. Det slog upp portarna 1987 och har många besökare. Man får gå ombord på några av båtarna bland annat en u-båt, Nordkaparen, där man kan gå ner i båten och endast ha kontakt med omvärlden via periskop, berättar Karin entusiastiskt. Båda systrarna lyssnar med spänning och konstaterar att de inte vet så mycket om Göteborg, trots att de bott där länge. Regnet kom inte heller, så båtturen blir riktigt angenäm.

– Ska vi gå till «Feskekörka» och äta lunch? säger Emma när de börjar närma sig Kungsportsplatsen igen

– Gärna säger Lina, men det är väl dyrt där?

– Vet inte, det var så längesedan jag var där, men en räkmacka har du väl råd med?

Emma är väl medveten om Linas skrala ekonomi, men nu när de verkligen känner varandra kan de skämta lite om situationen. Lina tycker dock det är pinsamt när Emma ofta betalar för henne också. När de kommer fram till «Feskekörkas» port möts de av en stängd dörr. Det är inte öppet på måndagar.

– Vad besviken jag blir, jag var så sugen på räkmacka.

– Det måste väl finnas andra ställen som ser-

verar räkmackor, säger Lina. Det här är ju
Göteborg för tusan.

Kvinnorna ser sig omkring, börjar samspråka
om restaurangerna i stans centrala delar. De
går bort till «Kopparmärra», tar fram mobi-
lerna och börjar googla på restaurangerna i
närheten. De upptäcker att många har stängt
på måndagar, men beslutar sig att gå in på
Saluhallen till Kåges hörna. Där beställer
de var sin räkmacka, storlek bamse, och en
öl till det. Priset är heller inget att säga om
och rejält mätta blir de också. I saluhallen är
hög ljudnivå av alla människor som rör sig,
det är svårt för systrarna att föra ett normalt
samtal. De äter med andakt och konstaterar
att prata får de göra efter lunchen. När de nu
är mitt i staden tar de en tur runt i klädaffä-
rerna. Emma konstaterar att hon behöver nya
shorts och kanske några fräscha toppar nu till
semestern. Lina håller med om att hon skulle
behöva förnya sin garderob också. Kanske
finns det något på sommarrean nu, konsta-
terar hon när hon ser «Sale»-skylten på Lin-
dex. Båda provar lite olika kläder och visar för
varandra, hoppandes ur och i provhytterna.
De har så roligt, skrattar åt varandra när de

får på sig något som inte passar. Lina känner verkligen att de kan vara ärliga mot varandra. Lina köper en topp i carmosinrött och ett par vita shorts på HM. Hon är smal och kommer i storlek 38, så hon hittar mycket som passar där, medan Emma som har storlek 42 får gå till andra affärer. Hon hittar efter mycket letande ett par shorts i olivgrönt och två passande toppar till dem på NK. Kvinnorna känner sig nöjda med sin shopping, när de går ner mot Brunnsparken för att ta spårvagnen hem. De kramar om varandra och bestämmer att träffas snart igen för att fortsätta utforskningen efter fadern och om Eric Stawoe verkligen kan vara deras halvbror.

Kapitel 35

Allt var packat och klart för att åka till Mörkviken. Göran grymtade om varför de ska åka till den sörmländska skärgården när det är allra vackrast i Göteborgs havsband. Emma tror att det mest handlar om att han tycker det är jobbigt att packa och åka iväg. Han vill helst vara hemma och ta det lugnt på sin semester. Han oroar sig också att det blir en del som ska fixas när de kommer till sommarhuset. Som tur är så har de inget gräs som måste klippas och inga odlingar att sköta. Det är mest huset som kräver sitt underhåll. Det är gammalt och varje år är det alltid något som behöver bytas eller lagas. Bilen är tämligen fullastad och nu ska de bara ta vägen förbi Lina och hämta upp henne. Emma tycker det ska bli kul att ha med Lina en vecka i stugan. Hon tänker på hur trevligt de haft på Lefkas. Göran känner sig lite utanför när systrarna träffas, men han har å andra sidan inget emot att vara för sig själv. Emma bekymrar sig för hur Lina ska få plats med sin packning. Bilen är i det närmaste fullastad redan. När de nästan är framme i Västra Frölunda kommer Emma på att hon glömt nyckeln till sommarhuset. De får vända om för att hämta den. Emma ringer till Lina och meddelar att de är försenade. Hon frågar också lite ängsligt hur mycket packning Lina har. Lina är ingen van resenär, men har heller inte så mycket att packa ner, så hon svarar Emma att hon endast har en stor väska och en liten ryggsäck. Emma konstaterar att om det inte är en hård väska, ska den nog gå att knöla in i bagageutrymmet, annars får Lina ha den bredvid sig i baksätet. Där står en kasse full med matvaror på golvet, men inget på sätet.

Äntligen är de på väg. Göran kör och systrarna är ivrigt pladdrande om allt och inget. Resan tar lång tid och är tröttande. De tar en lång lunchpaus. Mycket trafik på vägarna är det. När de väl är framme och kliver ur bilen, märker de att ett fönster står öppet och är trasigt.

– Jäklar vi har haft inbrott, vrålar Göran

Emma rusar fram till det öppna fönstret och tittar in. Glassplitter överallt, en intorkad blodpöl på golvet och allt i en enda röra inne i vardagsrummet.

– Vi måste ringa en glasmästare, jag tror inte själva karmen är förstörd, säger Göran och inspekterar lite mer noggrant vad mer som kan vara trasigt.

Emma och Lina öppnar dörren och går in i hallen. Tjuven har inte gått genom dörren utan verkar ha tagit sig både in och ut genom fönstret. De förvarar inga dyrbarheter i huset så de vet inte vad en tjuv kan vara intresserad av här. Det finns inga smycken, dyrbara klockor, inga pengar eller dyrbar elektronik och möbler släpar de inte iväg, tänker Emma. Det är mest i vardagsrummet och stora sovrummet som de löpt amok. Där ligger allt huller om buller. I köket är lådorna utdragna och i det stora skafferiet som ligger på norrsidan i köket kan Emma se att de spritflaskor som förvarats där är borta. De hade säkert fem vinflaskor, någon flaska whisky, rom och gin fanns nog där också, men full koll har hon inte. De mest obehagliga är att några personer varit inne i deras hus och rotat runt bland deras grejer. Känns som ett intrång in på bara huden. Emma ryser vid tanken på vad de gjort här inne.

Lina som är en handlingens kvinna börjar direkt styra upp det hela.

– Emma du gör en polisanmälan. Göran, du ringer glasmästaren, du borde hinna innan de stänger för dagen. Har ni någon skiva att sätta för fönstret så länge?

– Nej, jag måste åka in till Trosa och kolla om bygghandeln är öppen, säger Göran.

– Jag börjar röja här inne, säger Lina och klappar Emma på armen som sitter ner och ser ledsen ut. Du måste hjälpa mig att tala om var allt ska vara.

De börjar med att plocka upp allt glassplitter. Därefter ställer de allt tillrätta och plockar in i lådor och skåp. De upptäcker då att två pinnstolar är trasiga och en stor fläck i soffan. Verkar som de suttit där och druckit.

– Gud så äckligt, fy vad de har snuskat till här, utbrister Emma

Lina letar reda på städattiraljer och börjar nogsamt torka alla möbler. Emma tar fram dammsugaren kör igenom alla rummen, därefter kommer Lina med moppen och våttorkar överallt. Emma har tagit på sig plasthandskar och skrubbar vidare även där Lina redan varit och torkat. Med gråten i halsen jobbar Emma vidare. Systrarna jobbar frenetiskt och säger knappt ett ord till varandra.

När det börjar se hyfsat ut dyker Göran upp med en stor Plywoodskiva, spik och lite annat. Med mycket möda sågar han till skivan och spikar fast den över fönsteröppningen. Fönstret hade han tagit med och lämnat hos en glasmästare som lovat att fixa det under morgondagen.

– Vi måste ringa försäkringsbolaget, säger Emma

– Men vi vet inte allt som är borta eller förstört ännu, säger Göran uppgivet.

– Vi vet på ett ungefär hur mycket vin och sprit de har tagit och att soffan är förstörd.

– Vi ska också ha ersättning för det trasiga fönstret. Har ni sett något mer när ni städat?

– Ja, två pinnstolar är helt kraschade, säger Lina.

– Undrar hur länge sedan inbrottet var?

De konstaterar att av blodet att döma som är intorkat på golvet, ser det ut att vara ganska länge sedan. De hade ju inte varit i stugan sedan midsommar och nu är det slutet av juli. Så det har skett någon gång där emellan. Troligen för flera veckor sedan konstaterar Emma. Eftersom de inte har några grannar alldeles nära, så har ingen märkt något.

Klockan är nu sent på kvällen och de är vrålhungriga. Emma vispar ihop en omelett med grönsaker och salami i. Till det äter de hårda mackor med ost och var sin öl. De bäddar rent i alla sängar och går sedan till sängs utmattade av både oro och hårt arbete.

Kapitel 36

Natten hade varit orolig för Emma. Hon hade vaknat flera gånger på natten med en obehaglig känsla i kroppen. Precis som hon trodde att det var främlingar i huset igen. På morgonen efter en kortare slummer insåg hon att det inte var någon idé att försöka sova mer. Hon kände ett tryck i huvudet, stel i kroppen och seg i tanken. De andra kom upp när hon höll på med frukosten.

– God morgon, har ni kunnat sova? Frågar Lina

– Inte jag, svarar Emma

– Jag sov som en stock, säger Göran.

– Jag märkte det. Det var så irriterande att höra dig snusa i godan ro, när jag inte kunde sova, gnäller Emma.

– Du kunde väl ha väckt mig, kontrar Göran.

– Vad skulle du ha gjort åt det. Du kunde säkert inte söva mig, säger Emma irriterat.

Det är en strålande dag, solen skiner från en nästan helt blå himmel. Emma föreslår att de ska ta ett morgondopp efter frukosten, så blir de nog lite piggare. De tar på badkläder och springer ner till badbryggan. Emma och Göran dyker i medan Lina tar trappan ner i vattnet lite mer försiktigt. Det blir snabbt djupt utanför bryggan, så Lina håller sig i närheten av den. Hon är inte lika van som de andra att simma där man inte bottnar. Hon tycker dessutom att det mörka vattnet är skrämmande. Alla tre tycker emellertid att det är otroligt skönt och uppfriskande.

– Det måste vara minst 22-23 grader, hojtar Göran en bit ut i viken.

– Visst har vi en vattentermometer? så vi kan kolla säger Emma.

– Jag tror den ligger till höger på någon av hyllorna i förrådet, ropar Göran

Emma går upp till förrådet och hittar termometern, trots oredan. Hon kommer tillbaka, hoppar i igen och simmar ut en bit. Hon håller ner den ganska långt under vattenytan. Efter en stund ropar hon, så både Göran och Lina ska höra:

– Det är 23 grader!

– Så varmt är det inte ofta vi har här ute, konstaterar Göran.

De sätter sig på bryggan och soltorkar. Trots det fina vädret och härliga badet kan de inte släppa tankarna på inbrottet. De konstaterar att de även hittat några trasiga glas och Göran har sett att hans jeans och en jacka är borta. Sådana kläder han bara har här på landet. Inga dyrbarare kläder, men ändamålsenliga. Emma tänker ringa försäkringsbolaget, men vill att de sätter sig ner tillsammans och noterar allt som är förstört, stulet eller smutsigt. Soffan kan de nog inte få ren. Det är rödvinsfläckar och kanske blod på den beige soffan. Ingen vill sitta i den som den ser ut.

– Vi får åka till IKEA och köpa en ny soffa, säger Emma

– Hur ska vi få hit den, ni har väl ingen släpkärra här, konstaterar Lina

– Nej, men det brukar man få låna på IKEA

– Vi åker dit imorgon, kommenterar Göran kort och koncist.

Emma tycker också att de ska köpa nya glas och några nya mattor, eftersom en del ser smutsiga ut. Hon vill ha bort så mycket som möjligt som påminner om inbrottet. Hon ringer försäkringsbolaget på eftermiddagen och får instruktioner hur hon går vidare. De vill att hon skickar in en polisrapport och en lista på allt som är trasigt, borta eller förstört. Hon ska även försöka dra sig till minnes när grejerna inhandlades och vad de kostade. Jättesvårt, tycker hon. Soffan vet hon på ett ungefär när den köptes och vad den kostade, men glasen och pinnstolarna har hon ingen aning om. Görans kläder är gamla paltor, det kan man inte ens ta upp tycker hon.

Göran får ett samtal från glasmästaren som säger att fönstret är klart. De ringde strax innan stängning, så Göran drar iväg i full fart. På kvällen innan de ska lägga sig är fönstret på plats och lugnet börjar lägga sig i stugan.

Kapitel 37

Nästa dag är det inte lika fint väder i Mörkviken. De konstaterar att det är passande att använda den här dagen till att inhandla grejer på IKEA. Efter frukosten åker de till Kungens Kurva, ett av de största IKEA-varuhus de besökt. De traskar direkt till soffavdelningen och botaniserar bland alla möbler som finns. De vill gärna hitta en soffa som finns i lager, så de kan få med den direkt. Det begränsar valet avsevärt, men till slut fastnar de för en vinkelsoffa i en gröngrå nyans. Lugn och fin färg, tycker Emma. Den passar bra till det övriga möblemanget och är inte lika ömtålig i färgen, som den ljust beige de haft tidigare. Emma blir även sugen på nya gardiner till vardagsrummet, men utbudet är inte så stort här på IKEA att hon beslutar sig för att hoppa över det. Glas och pinnstolar hittar de samt några små fönsterlampor. De tänker sätta upp lamporna, som de kan ansluta till timer för att huset ska se bebott ut. Kanske kan det hjälpa mot inkräktare. Lina hamnar återigen i sina ekonomiska tankar och tycker det är helt otroligt att man kan åka iväg och så där på «studs» köpa en soffa för 10.000 kronor och lite annat. Hon hade fått spara i flera år för att ha råd med det. Men hon låtsas inte om sina tankar utan är glad för deras skull. De får vänta en stund på att få en släpkärra, under tiden går de till restaurangen och intar den klassiska IKEA-lunchen med köttbullar.

De får hjälp med ilastningen av alla grejer och åker sakta och försiktigt hem. Inte så lätt att köra med släpkärran sista biten fram till huset, då det är en mycket smal skogsväg. Men allt går väl och möblerna lastas in.

– Vad gör vi med gamla soffan? Säger Emma

– Jag tar med den i släpkärran och lämnar den på återvinningsstationen, säger Göran.

– Vad bra, jag vill inte se den äckliga soffan, utbrister Emma.

Göran konstaterar att det är bra om Emma och Lina följer med och hjälper till att baxa både ut och in med soffan. Lina tycker det är en självklarhet att de ska hjälpas åt, medan Emma skulle helst vilja slippa.

– Kom igen nu Emma! säger Lina

– Okej då, muttrar Emma och lommar in till vardagsrummet där den nya soffan står på plats och den gamla står på kant för att bäras ut.

De far iväg med ekipaget, lastar av i en stor container med osorterat gods. Skitiga och trötta åker de tillbaka till IKEA, lämnar släpkärran och åker tillbaka till sommarstugan.

– Jag orkar inte fixa mat ikväll. Kan vi inte stanna och köpa pizza i Trosa, säger Emma på hemvägen.

– Nej, det behövs inte, säger Lina. Jag kan laga mat ikväll. Jag kan göra korv stroganoff, såg att du tagit med falukorv och ris kanske finns i skafferiet?

– Har du lust att göra det så är det okej för mig, säger Göran

– Javisst, orkar du så får du gärna laga mat. Stroganoff är bättre och nyttigare än pizza, konstaterar en liten gladare Emma.

De var inte tillbaka i stugan förrän klockan nio på kvällen, men det var fortfarande ljust.

Det molniga vädret hade gett sig och nu syntes den nedåtgående solen. Emma och Göran sätter sig på altanen med var sitt glas vin och njuter av stillheten, medan Lina lagar mat.

– Maten är klar, ropar Lina från köket. Vi sitter väl inne?

– Ja, myggen är inte så roliga att brottas med säger Göran och kommer in i köket.

Lina hade dukat så fint med levande ljus och maten doftar underbart.

Kapitel 38

Veckan går fort och nu är det redan sista dagen i Mörkviken. Efter morgondoppet blev Emma och Lina sittande i köket filosoferande om sitt ursprung. De är spända på om den Eric Stawoe som Emma fått kontakt med är deras bror. De pratar om de ska våga be honom göra ett DNA-test. Det är det säkraste sättet att få reda på om han är vår halvbror konstaterar Emma. Då vet vi också säkert att vi hittat vår far.

– Ibland tänker jag på vår mor och hur hon hade det under sin uppväxt, säger Lina

– Det var nog tufft för henne, att inte ha någon stöttning när hon blev gravid och födde oss, konstaterar Emma.

– Ja, eftersom det inte fanns några nära anhöriga då hon dog måste hon ha känt sig fruktansvärt övergiven.

– Jag tror inte vi kan föreställa oss den situationen.

– Var fanns Zach då? undrar Lina.

– Han verkar ha försvunnit, inte varit så an-
svarstagande.

Systrarna satt länge och funderade över alla
frågor som dykt upp hos dem båda, då de
börjat undersöka sin bakgrund. De konsta-
terar att det vore intressant att undersöka mer
om mammans ursprung också. Det borde gå
att få fram lite mer via kyrkböckerna, tror
Emma. Emma har också funderat på vad som
fick Lina att ta kontakt med henne den där
dagen i vintras.

– Vad var det som fick dig att ta kontakt med
mig, frågade Emma

– Jag hade kollat på Facebook och till slut
fann jag dig där. Då kände jag att jag måste
våga ta kontakt, även om jag var skiträdd.
Du hade inte försökt få kontakt med mig,
så jag var orolig att du kanske inte ville veta
av mig.

– Jag har nog också varit rädd att ta kontakt
och därför inte gjort något försök, säger
Emma

Emma är övertydlig när hon förklarar för
Lina hur glad hon är att Lina vågade ta för-
sta steget. De kommenterar hur trevande de
varit mot varandra när de träffades de första

gångerna. Det blir mer och mer djupare dis-
kussioner om livet och varför det blir som
det blir.

– Här kommer jag med middagen ropar Gö-
ran, när han kommer inspringande med en
stor torsk i handen.

– Har du varit ute med båten och fiskat? säger
Emma

– Jajamän. Det är inte var dag man får en sån
här stor torsk.

– Har du fått den på krok? frågar Lina.

– Ja, och det händer inte ofta, men jag åkte
ganska långt ut.

– Får man fiska torsk i Östersjön? frågar Lina
ängsligt.

– Nej, det får man inte, men jag visste väl inte
att jag skulle få upp den här, småskrattar
Göran

– Tyst vi säger ingenting till någon. Klart vi
ska göra en fin fiskmåltid av den där, säger
Emma.

Efter en långpromenad tar systrarna tag i
fiskprojektet och tillagar en underbar måltid,
som de avnjuter med goda tillbehör och vitt
vin. Senare på kvällen, tänder de en brasa, då
det blivit lite kallare. De summerar veckan

och konstaterar att trots inbrottet så har de haft trevligt. Lina visar sin uppskattning att hon fått vara med här i Mörkviken. En vistelse som förgyllt hennes semester som annars mest bestått av ett liv i stan.

När de nästa dag sitter i bilen på väg hem frågar Lina:

– Varför heter det Mörkviken, ett ganska obehagligt namn?

– Vi har också undrat över det och försökt få en förklaring, svarar Emma.

Emma berättar att det finns en teori om att det på flera ställen inne i viken finns svart alunskiffer på bergsidorna och på bottnen längst in i viken, som gör vattnet mörkt. Alunskiffer är dessutom inte vanligt i dessa trakter och inte i vattnet. Ett naturfenomen.

– Du kanske tänkte på att vattnet var ovanligt mörkt där vi badade.

– Ja, det kändes läskigt, säger Lina

– Folk som besöker oss brukar reagera på det mörka vattnet, men jag är van sedan barndomen så jag tänker inte längre på det.

– Det har alltså inte med någon mörk händelse att göra, fortsätter Lina

– Nej, inte alls!

Lina kände sig nöjd med svaret och beslöt att slå bort alla tankar om mord och ond bråd död, som alltså inte ska förknippas med Mörkvikens fina natur.

Kapitel 39

När de kommer hem hittar Emma några brev i brevlådan. Några räkningar och ett handskrivet brev. När hon sprättar upp det ser hon ganska snart att det är från Karl. Konstigt, tänker hon, han brukar väl aldrig skriva brev. Emma sprättar upp brevet med hjälp av fingrarna. Det blir alldeles trasigt. Hon vet inte hur snabbt hon får upp brevet och börjar läsa. Karl skriver omständligt om att han har blivit övergiven av sin flickvän. Caroline hade förklarat att det hon kände för Karl var mer en vänskap än riktig kärlek. Finns ingen passion, hade hon uttryckt. Karl är däremot djupt förälskad i henne. Han förklarar att han hellre vill prata av sig brevledes än via telefonen, då skulle han bara gråta. Han känner sig helt förkrossad och börjar till och med fundera över att komma hem till Sverige igen. Han hade trott på det här förhållandet och sett framför sig hur de bildade familj. Han skriver vidare att han känner sig ointelligent som inte förstått att hon inte kände likadant. Emma förstår att Karl är riktigt nere och funderar över hur hon skulle kunna stötta honom. Kanske någon av oss kan åka över till honom. Det vore dumt av honom att avbryta anställningen efter så kort tid. Hon tänker på hans fortsatta karriär. Känner inte riktigt igen den här depressiva sidan hos Karl. Kalleman har alltid varit så glad och inte sett livet i svart som han verkar göra nu. Hon måste ringa honom, men vill tala med de andra i familjen för att ha något förslag att komma med. Kanske Johan kan tänka sig att åka till London några dagar. Kärleksproblem kanske är lättare att prata med brorsan om än med mamma, funderar hon vidare. Men då måste Johan åka ensam, inte ta med sig sin Mattias. Johan, psykologen, kan kanske vara den bästa hjälpen för Karl. De är dessutom tajta som bröder. Göran är nog inte den rätte att skicka till sonen i det här ärendet. Han är alldeles för rationell för att tycka att det här är ett stort problem. När de sitter vid middagsbordet, visar Emma brevet för Göran och Johan. Johan skrattar till när han läser och tycker att brorsan är lite väl dramatisk i sitt uttryck över det kraschade förhållandet.

– Har du aldrig varit i den här situationen?
frågar pappa Göran

– Nej, mitt liv har mest bestått av korta för-
hållanden, först med tjejer och sedan med
killar och det var skitjobbigt innan jag för-
stod vem jag var, men något svårt uppbrott
har jag aldrig varit med om.

– Men tänk om Mattias skulle göra slut, hur
skulle du reagera då?

– Det vill jag inte tänka på, då skulle jag också
bli förkrossad. Vi planerar ju en framtid till-
sammans.

Det är högt i tak i diskuterandet och Johan
lovar att kolla upp om han kan vara ledig och
fara till London några dagar. Han har ju re-
dan haft sin semester. Han förstår givetvis att
det inte är passande att Mattias följer med.
De beslutar att Johan ska ringa Karl när han
vet om och när han kan åka. Emma drar en
lång föreläsning om att hon inte tycker det
vore bra att Karl skulle lämna sin anställning
i London. Han skulle behöva vara där några
år för att ge ett bra intryck i sitt CV och kar-
riär. Göran hummar och håller med. Johan är
mer mjuk i sin inställning och tycker att Karl
måste bestämma det själv.

Efter middagen går Emma till datorn och skickar ett långt mejl till Karl, med tröstande ord och berättar att Johan kommer att ta kontakt med honom. Hon berättar även vardagliga händelser i Göteborg, för att som hon tror, avleda honom att tänka på något annat än den förlorade flickvännen. Göran plockar in disken i maskinen och går sedan till sitt arbetsrum för att förbereda morgondagens lektioner. Johan går in i teverummet och drar igång en netflixserie. Mattias pluggar inför en stor omtenta han måste göra i nästa vecka, så det blir inget kärleks-gullegull på flera dagar. Johan har fått sig en tankeställare om vad som skulle hända om Mattias inte ville fortsätta deras förhållande. Nej, det får bara inte hända.

Dagen därpå styr Johan upp sin ledighet. Det passar bra nu när Mattias måste plugga. Kan vara kul att komma till London så här i slutet av sommaren. Johan ringer sin bror och berättar att han kommer till honom i slutet av veckan. Karl blir glad, men är fortfarande mycket dämpad. Han redogör mycket sakligt att han måste vara på jobbet om dagarna, så de kan bara ses på kvällarna.

– Jag kan komma redan på fredag kväll, då
har vi helgen på oss.
– Bra!

Det blir alldeles tyst i telefonen, efter en
stund hör Johan hur Karl snorar och harklar
sig. Han gråter. Det är inte likt den annars
så självsäkre Karl. Nu börjar en oro gro i Jo-
han. Han kanske är djupare deprimerad än
vad vi trott, känner sig uppenbart oroad för
sin bror. Hoppas jag kan få honom på andra
tankar, men det kanske inte hjälper och då
måste han ha professionell hjälp. Nu går psy-
kolog-Johan igång. Kan han bli så knäckt av
ett brutet förhållande? De har inte känt var-
andra så länge. Johan hade uppfattat att Karl
träffat Caroline i våras, så deras relation blev
kort. Måste nästan vara något annat som hänt
också. Inte kan han bli så förkrossad av bara
detta, tänker han vidare. Han kanske har det
tufft på jobbet också. Det känns bra att åka
till Karl och se hur han ser ut och höra ho-
nom berätta hela historien. Johan tycker det
är mycket konstigt att han skrev ett vanligt
pappersbrev till mamma för att berätta. Det
verkar lite som ett suicidalt beteende. Nu bör-
jar han bli riktigt bekymrad. Måste se brevet

igen tänker han, men inser samtidigt att det inte är någon mening att dra för höga växlar av det. Nu måste han själv vara lite rationell. Han inser att det är stor skillnad att vara i psykologrollen än att vara bror till en kille som mår dåligt. Hur som helst känns det bra att åka till honom i London.

Kapitel 40

Johan kommer infarande i huset, slänger sig i första bästa fåtölj utan att ta av sig skorna. Det är måndag eftermiddag. Han tänker på den uppslitande Londonresan. Karl var helt under isen. Det hade han sett redan då de möttes på Heathrow flygplats. Direkt på fredagskvällen hade de gått till en pub, nära Karls lägenhet, ätit och tagit några öl. Som tur var kunde Karl prata. Ett gott tecken tyckte psykolog-Johan. Han skulle inte kalla det vanligt prat, det var ett rent ältande. Karl berättade alla detaljer om Caroline och deras förhållande. Varför han fallit för henne och varför han trodde att hon lämnat honom, just när de höll på att bli riktigt tajta.

– Jag känner mig så dum att jag inte fattat någonting, snörvlar Karl fram

– Tjejer kan vara oberäkneliga.

– Vadå oberäkneliga, du vet väl inget om tjejer.

– Berätta mera. Johan visste att det bästa var att lyssna, inte komma med så många råd.

Diskussionen pågick ända tills puben stängde. Då var Johan så trött i huvudet att han inte orkade hålla ordning på allt vad brorsan berättat. Kalle trodde att Caroline träffat en annan kille, det gjorde honom ännu mer förkrossad. Onyktra, ostadiga vandrar de hem i natten till Karls lilla lägenhet. Lägenheten bestod av ett rum där allt inrymdes. En köksdel i ena hörnet, soffa, soffbord, tv och en bred enkelsäng var hela möblemanget. En pytteliten hall, toa med dusch som man fick backa in i. Johan fick en madrass att sova på, på golvet. Helt okej tyckte Johan, bara nu Karl kunde komma vidare i sitt liv tänkte han innan han somnade alldeles utmattad.

Lördagsmorgonen blev seg. Enkel frukost och fortsatt ältande, som Johan vid ett flertal tillfällen försökt bryta med annat snack. Då kom det även fram att Karl hade det tufft på jobbet. Han kände sig otillräcklig även där. Han tycker de andra är så duktiga och att han har lite svårt att hänga med.

– Vad är det mest jobbiga i ditt arbete? frågar Johan

– Ibland är det svårt att hänga med i diskussionerna, på den snabba engelska de talar,

ibland är det att jag inte hinner få arbets-
uppgifterna klara tillräckligt snabbt. Kän-
ner att jag fått dåligt självförtroende. Jag
tror inte jag ska klara vissa arbetsuppgifter,
rabblar Karl på.
– Är det någon som sagt att du inte räcker till?
– Nej, men jag tycker alla andra är så duktiga.
– Är det inte din egen känsla tror du? påpekar
Johan

Karl fortsätter ältandet, kommer inte så
mycket längre. Det hjälper inte att Johan för-
söker prata om annat. Johan tänker att det
dock är bra att brorsan nu får prata, prata,
prata. Nu gäller det för honom att smälta det
här. Kanske det känns bättre om jobbet kan
gå lite lättare, men om inte det fungerar är det
kanske bäst att Karl kommer hem till trygga
Sverige, tänker Johan. Han vet att Karl är en
ambitiös kille som vill göra det allra bästa,
han har alltid pressat sig själv hårt. Johan in-
ser, precis som deras mor, att det skulle vara
bra för Karls fortsatta karriär att vara kvar
i London några år till. Han bedömer nu att
Kalle kanske skulle klara av det i alla fall. Allt
det här med Caroline har tagit onödigt hårt
på honom. Han borde komma över det gan-

ska fort. De hade ju inte varit tillsammans så länge. Resten av helgen har de tillbringat på stan, gått i affärer och konstgallerier. Båda killarna är intresserade av konst, speciellt fotokonst. Ett intressant museum var Wellcome Collection med udda föremål, tekniska installationer, suspekta målningar och fotokonst. De åt mestadels på pubar och många öl blev det. Johan känner sig sliten där han sitter i fåtöljen och tänker över helgens alla intryck. Han har lovat Kalle att de ska ha tät kontakt. Johan nickar till av utmattning. Han vaknar när någon sätter nycklarna i ytterdörren och kliver in.

– Är det någon hemma? ropar Emma när hon kliver in.

– Jag är här, svarar Johan sömndrucket.

– Skönt att du är hemma, hur var det med Kalleman?

– Inget vidare, men jag tror han kommer över det här.

Emma drar igång en lång diskussion med sig själv om hur viktigt det är att Karl stannar kvar i London och får ihop sina «karriärspoäng» som hon kallar det. Johan orkar inte gå in i någon djupare diskussion, då han tycker

att tiden får utvisa hur Karl ska göra i fort-
sättningen. Han svarar bara Emma att Kalle
måste göra det som känns bäst för honom.
Ingen annan ska styra hans val. Caroline
kommer han att komma över snart, värre är
det nog med svårigheterna på arbetet, för-
medlar Johan till mamman.

Kapitel 41

September har startat med några underbara sensommardagar. Emma är i full gång med höstens alla aktiviteter på jobbet. Hon ska köra en ryggskola för ett antal tidigare behandlade patienter, har dessutom förhållandevis många patienter inbokade för enskilda behandlingar. Utöver allt vanligt jobb tillkommer att de ska byta datasystem för journalskrivning. Emma tycker det är jobbigt med ny teknik, känner att hon inte hänger med lika bra som de yngre fysioterapeuterna. De klickar sig runt och lär sig nya system på en kvart medan Emma sliter i flera dagar för att få in tekniken i de olika momenten. Hon drar sig inte för att fråga de yngre medarbetarna. De får tycka att hon är mossig, det kan hon ta, huvudsaken är att hon lär sig systemen.

En torsdagsmorgon när hon vaknar ser hon att hon fått ett mejl från Eric S. Hon tar fram laptopen och läser noga. Det är från Eric Stawoe. Han förklarar att han tänkt mycket på deras kontakt, ber om ursäkt att han verkade avogt inställd till en början. Han beskriver det som en smärre chock att fadern undanhållit sitt tidigare liv så grundligt. Han visste att pappan inte ville prata om koncentrationslägret, men att det fanns mer han mörkat var överraskande för honom, berättar han vidare i sitt mejl. Han har funderingar om hur han på ett säkert sätt ska veta att historien verkligen är som Emma berättat. Emma tänker genast svara honom och be honom göra ett DNA test genom MyHeritage, för då måste de få en träff med hög sannolikhet och bli ihopkopplade. Hon fortsätter läsa det långa mejlet om hans funderingar om deras släktskap. Han är nu verkligen intresserad av att utforska släktträdet vidare.

När Emma kommer hem från jobbet, ringer hon Lina för att berätta om Erics mejl. Lina lyssnar andäktigt på Emmas ivriga berättelse. Lina tycker givetvis att de ska fortsätta utredningen. Förslaget med DNA testet förstår hon också att det är det bästa sättet att koppla ihop dem. Lina undrar om hon också ska göra ett test, men Emma anser det vara onödigt när deras genuppsättning är identiska. De har ju tillkommit ur samma ägg. De vet dock inte helt säkert att det är så, men eftersom de är så lika har de själva dragit den slutsatsen. Emma fortsätter att tänka högt, medan Lina är kvar i telefonen. Eric har en svensk mor så det kommer visas på testet. Kan bli missvisande, men det viktiga är att de får träff mellan sig, Eric och Emma.

– Tänk om han inte vill göra testet då, säger Lina bekymrat.

– Klart han vill, om han nu skickat mejl och verkar intresserad av att ta reda på släktskapet.

– Det vore kul att träffa honom i verkligheten, fortsätter Lina.

– Vi får ta ett steg i taget, men visst vore det spännande att få till ett möte.

Emma skickar iväg mejlet redan samma kväll, där hon ber honom att göra DNA testet i samma företag som hon. Hon skriver även att hon tycker det är spännande att utforska deras eventuella släktskap och att det vore roligt att träffas. Hon ber honom även prata med sin svenska mor om hon känner till något om Zachs tidigare liv. Därefter ett tryck på sändknappen, slänger upp benen på skrivbor-

det, lutar sig tillbaka, känner att nu börjar det
hända grejer.

– Göran, kan vi inte ta ett glas vin, känner att
  jag behöver det.
– Du brukar väl inte vilja dricka alkohol mitt
  i veckan!
– Nu vill jag det, kan du hämta ett glas.
– Jag tar hellre en whisky, säger Göran och
  öppnar barskåpet.

Medan de läppjar på sina ädla drycker berättar
Emma om kontakten med Eric, om förhopp-
ningen om att de är halvsyskon. Hon berättar
för Göran att hon redan tänkt på att bjuda ho-
nom till Sverige för att träffa honom personli-
gen. Han borde kunna ha ett visst intresse av
det, förutsatt att vi får träff på DNA testet. Han
har ju dessutom en svensk mamma. Emma
hade inte frågat särskilt mycket om modern,
men det får bli mer i nästa mejl. Hon hoppas
verkligen att han inte blivit avskräckt utan vill
fortsätta kontakten. Hon berättar vidare hur
hon tänkt att ett eventuellt besök skulle kunna
bli. Enklast vore om han kom till Göteborg.
Göran tycker att hon går händelserna i förväg.

– En sak i taget Emma, du får inte kväva karln
  direkt.

– Det gör jag väl inte, det är ju bara mina tankar kring ett eventuellt möte.

– Ja, ja, det blir nog bra. Tag det lugnt och invänta hans nästa mejlsvar, så kan du gå vidare sen, säger Göran med eftertryck och tar en klunk av den gyllene skotska drycken. Emma fortsätter att dagdrömma om fortsättningen på den härliga historien som kanske kan får sin lösning till slut. Hon är evigt tacksam för att Lina skickade det där mejlet, i början av året, som blev början till deras gemensamma resa. Både att lära känna varandra och ta reda på deras släkthistoria. Vinet smakar gott, välbehaget infinner sig i kropp och själ. Hon känner sig fysiskt upphetsad, när Göran stryker henne över armen och frågar om de ska gå och lägga sig.

Kapitel 42

Dagarna går sakta framåt. Det blir mer och mer höstlikt. Än sitter bladen kvar på träden men de börjar skifta i färg. Det gröna övergår i gult och brunt. Mycket regn har kommit de senaste veckorna och blommorna i trädgården bågnar, har tappat spänsten i det dåliga vädret. Det är nu två veckor sedan Emma skickade svarsmejlet till Eric. Har han fått kalla fötter? Vill han inte fortsätta släktutredningen? Inte första gången hon tappat tron på om det här ska leda till någonting.

På lördagen träffar hon Lina. De går på bio, ser Turist av Ruben Östlund. Ett relationsdrama som utspelar sig i alperna. En film som ger eftertryck. Lina och Emma går och fikar efteråt och dissekerar filmen i dess minsta beståndsdelar. De analyserar sina egna förhållanden med män och kan känna igen sig i flera av filmens scener.

– Jag är så tacksam att jag träffat dig kära syster. Det är så naturligt att prata med dig om vad som helst, utbrister Lina

– Vi har lärt känna varandra riktigt bra under det här året, eller hur?

– Konstigt nog funkar det bra mellan oss, trots att du växt upp i en annan samhällsklass än jag, fortsätter Lina.

– Våra genuppsättningar är ju samma, men varför måste jag vara tjockare än du? fnissar Emma

– Du har väl haft tillgång till mer och bättre mat än jag, säger Lina och drar in kinderna så hon ser mycket mager ut.

Samtalet fortsätter i en gemytlig ton ända tills Emma tittar på klockan och kommer på att hon måste hem till Johan, som hon lovat skjutsa till en fest i Onsala. Emma och Lina skiljs åt, känner sig båda tillfreds med att återigen haft en trevlig stund tillsammans.

På tisdagen efter biobesöket kommer Erics svar på mejlet. Han är fortfarande intresserad att forska vidare. Han har beställt och gjort DNA test, fått bekräftelse på att de mottagit det, men att det ska ta några veckor innan svaret är klart. Emma har lite svårt att förstå allt han skriver. I det stora hela hänger hon med, men vissa ord måste hon översätta. Enklast är att ta fram engelsk svensk översättning på google. Hon tycker också det är svårt att känna i vilken sinnesstämning han är. Hon kan inte avgöra om han gör detta rent plikttroget eller om han har en starkare känsla för det. Man kan lära sig ett annat språk, än sitt modersmål, men nyanserna i ett nytt språk tar tid att lära. Emma känner sig lite begränsad i engelskan, även om hon klarar sig bra med de kunskaper hon har. Hon har aldrig behövt använda språket, annat än på resor. Hon förstår i alla fall att Eric vill gå dem till mötes och försöka reda ut släktskapet dem emellan. Han skriver också att om DNA testet matchar vill han gärna träffa Emma och Lina. Han berättar vidare att han inte besökt sin mor i Sverige på fem år, men att hon besökt honom några gånger senast för två år sedan. Skilsmässan mellan föräldrarna hade varit mycket uppslitande. Mamma Eva hade rest hem till Sverige för att föda honom, för att sedan komma tillbaka till LA. Hon kom tillbaka men förhållandet blev inte detsamma mellan Zach och henne. Det var inget Eric upplevt själv utan det berättade mamman, så sent som för två år sedan. Hon gjorde allt för att hålla ihop förhållandet, ville att de skulle gifta sig och hålla ihop för Erics skull. De gifte sig när Eric var tre år, men när han nyss fyllt sex år var skilsmässan ett faktum. Han minns den tiden som stormig, med mycket bråk emellan föräldrarna till sent inpå nätterna. Eva flyttade till Pasadena och tog Eric med sig. Hon fick jobb som receptionist på Norton Simon Museum, ett konstmuseum. Hon är mycket intresserad av konst och målar själv, men utan några större framgångar. I Pasadena gick han i public school. När det var dags att börja high school ville Eva flytta tillbaka till Sverige. Det ville inte Eric, så han flyttade till pappan i LA. En svår omställning, trots att de haft tät kontakt. Pappan var van att leva vuxenliv och hade ett nytt förhållande, inte van att ha en tonåring i huset. Eric avslutade mejlet med «varma hälsningar Eric». Han kan kanske lite svenska ändå, tänker Emma. Han borde ha pratat svenska med mamman ända tills han var i tonåren. Han berättar inte om mamman lever eller var hon bor i Sverige. Det finns mer att utforska tänker hon. Hon ville inte engagera sig för mycket, de kanske ändå inte är släkt. Då är allt förgäves och då vet hon inte vilken tråd de ska spinna vidare på.

Hon får sitta lugnt i båten och invänta Erics DNA test. Hon sänder iväg ett sms till Lina och berättar om mejlet. Lina svarar direkt att hon tycker det är «såå spännande». Det håller Emma med om, går direkt till tvättstugan för att lägga i en tvätt. Tankarna dröjer sig kvar. En mörk lång man kommer mot henne. Hans bruna hår är långt, sitter hopsnurrad i en liten knut bak i nacken. Bruna varma ögon, stor näsa, men förhållandevis liten mun. Han skrattar och sträcker ut händerna mot henne. «Hey Sis» säger han, sträcker fram armarna för att krama henne. Hon ser honom som en typisk konstnärstyp, klädd i bjärta färger som hon inte skulle drömma om att kombinera. Bilden är så stark i hennes inre att Emma nästan blir rädd. Hon brukar inte vara den som fantiserar, dagdrömmer, lever i det blå och analyserar. Nej, hon har alltid varit en förespråkare för «raka puckar» och inte psykologiskt trams. Är detta en uppenbarelse? Tänk om det är så här han ser ut på riktigt. Nu känns det än mer intressant att verkligen få träffa honom.

Kapitel 43

Emmas telefon darrar till i fickan. Hon har den på ljudlöst. Har varit på veckomöte med de andra på fysioterapin, ville ha telefonen med för hon väntar samtal från Göran. Hon tar upp mobilen och ser att det är Lina som ringer.

– Hej Lina, läget?

– Sofie är hemma, missfall, mår inte bra, orden kommer osammanhängande ur en ivrig Lina.

– Vad säger du, visste inte att hon hade pojkvän ens, säger Emma lugnt.

– Det har hon inte heller, det är väl ett av problemen.

Lina berättar vidare för Emma att det inte var ett vanligt missfall utan ett utomkvedshavandeskap som nästan tagit livet av Sofie. Lina är ledsen över att inte Sofie tagit kontakt med henne när hon låg på Rikshospitalet i Oslo. Hon hade legat där i 4 dagar efter att de opererat bort en äggledare med tillhörande äggstock. De hade förklarat att hon nog kan bli

gravid igen, men att det är lite svårare med
bara en äggstock. Det är inte Sofie så bekym-
rad över, men hon har ont och är ledsen över
att killen som var medarrangör till gravidite-
ten inte är ett dugg intresserad av ett fortsatt
förhållande och absolut inte intresserad av att
bli pappa. Så på det viset är det bäst det som
skedde menar Lina när hon fortsätter berätta.
– Så tragiskt, mumlar Emma
– Det verkar inte som Sofie vill tillbaka till
   Norge efter det här.
– Men hon har väl sitt jobb kvar?
– Emma, hon är så sliten av det här så jag vet
   inte om hon orkar ta sig tillbaka till Norge.
Emma tycker det är lite väl mycket curlande
från Linas sida. Hon vet ju i och för sig att
barnen betyder allt för henne, men det finns
ju gränser. Sofie är vuxen, efter lite omhul-
dande från modern borde hon kunna ta tag
i sin situation igen. Det var väl en himla tur
att det inte blev ett barn, då varken Sofie eller
killen verkade intresserade av det. Man får väl
hoppas att hon kan få barn den dagen hon
verkligen vill, tänker Emma. Lina fortsätter
den intensiva diskussionen, som snarare är
en monolog då Emma knappt hinner svara

förrän Lina fortsätter. Hon pratar på både
in och utandning. Emma känner inte riktigt
igen Lina, då hon alltid brukar vara så lugn
och sansad.

– Jag har själv haft två missfall och vet hur
jobbigt det är, snyftar Lina.

– Det verkar ändå som det största problemet
är pojkvännen, eller hur?

– Ja, det också, fortsätter Lina uppriktigt led-
sen.

– Det ordnar sig. Låt henne vara sjukskriven
några veckor, så får hon åka tillbaka till
Oslo och fortsätta sitt liv där, tycker Emma.

– Hoppas jag kan få henne att inse att det är
det bästa. Tack för att du finns Emma, mitt
bästa bollplank.

Samtalet pågår i säkert tjugo minuter och
Emma blir både trött och förvirrad. Hon sum-
merar att de båda har lite bekymmer för sina
vuxna barn, Lina med Sofie och Emma med
Karl. Hon hade pratat med Karl för två da-
gar sedan. Han lät lite piggare, men verkade
fortfarande bekymrad över sitt arbete. Han
ville nog inte berätta alltför många detaljer
för mamma, men hon hade förstått att han
pratade med Johan i telefon nästan varje dag.

Psykolog-Johan var dock förtegen om deras samtal. Det var säkert hans yrkesmässiga jag som hindrade honom från att prata med mamma och pappa om vad han fått reda på om Karl. Emma är mycket glad över att Karl och Johan har en så nära kontakt. Hon tänker att det skulle ha varit underbart om hon hade haft den kontakten med Lina då de växte upp.

När Emma kommer hem på kvällen kliver hon rakt in i köket, öppnar kylskåpet och ser att det är ganska tomt. Alltid detta planerande med mat. Vi kanske skulle börja med «Icas matkasse» tänker hon, då hon plockar fram ett paket bacon och ett trött broccolihuvud. Det får bli pasta med en röra av bacon, broccoli och lök. Hon hittar även en liten ostbit som kan rivas ner över maten, för att piffa till den. Emma är mycket road av matlagning, men vardagen är så fylld av annat att inspiration för att laga god och närande mat inte blir prioriterat. Som vanligt vet hon inte om Johan kommer hem, men Göran borde vara hemma när som helst, tänker hon. Hon har tyckt det blivit alltmer jobbigt att ha den vuxne sonen boende hemma fortfarande. Nog för att de har plats, men när flera vuxna människor ska samsas blir det kollisioner emellanåt. Alla parter skulle må bättre av att Johan flyttade hemifrån. Mattias och Johan har varit ett par länge, så nu vore det väl äntligen dags att de flyttar ihop. Hon tror att Johan tyckt det varit svårare att komma ut som homosexuell än Mattias. Emma och Göran har bara träffat Mattias föräldrar vid några enstaka tillfällen, men de verkar trevliga och har inga problem med sonens läggning. Det har väl inte Emma och Göran haft heller, även om Göran nog haft lite svårare att acceptera situationen. Undrar hur mycket som beror på gener och hur mycket som har med miljön att göra, vilken sexuell läggning man får, har hon ofta tänkt. Hon tror att det nog kan vara «hårfint» hur man blir. Lite för lite testosteron hos en pojke gör att han blir mer kvinnlig och söker sig hellre till killar. Hon tror starkt på att det liksom finns en «man och en kvinna» i alla förhållanden. Två strikt manliga eller kvinnliga individer tror hon inte fungerar ihop. Så är det även i heterosexuella förhållanden. Den ena är mer manligt pådrivande och den andra mer kvinnligt anpassningsbar. Det behöver inte vara mannen som är den pådri-

vande utan kvinnan i vissa förhållanden är mer den som styr och ställer. Hon är väl medveten att gamla traditionella könsroller sitter djupt i henne. Hon kommer på sig att vara i ett analyserande tillstånd igen. Vad håller på att hända med henne? Med dessa vardagsfilosoferande tankar fortsätter hon matlagandet och blir precis färdig när en trött Göran kommer inspringande, vrålande
– Gud, vad jag är hungrig!

Kapitel 44

Emma läser det långa mejlet ytterligare en gång för att förstå allt vad som står där. Eric har fått tillbaka sitt DNA test med det intressanta svaret att han har en nära koppling till Sverige och tvillingarna. I testet har framkommit att han är till 50 % skandinav och 50 % östeuropé. Stämmer, svensk mamma och polsk pappa. Han har också kopplats ihop med Emmas DNA som matchar till 50%. De är halvsyskon, inget tvivel. Emma blir alldeles varm när hon förstår att han är mycket glad över att hitta släktingar i Sverige. Han uttrycker att han känner sig ännu mer svensk nu än att «bara» ha en svensk mamma. Han berättar att mamman inte fått några fler barn, så några halvsyskon på den sidan har han inte. Han skriver vidare att han gärna vill komma till Sverige och träffa sina systrar samt även passa på att träffa sin mor. Själv har han ingen egen familj, så därför känns det viktigt för honom att knyta banden till de släktingar som finns. Eric är inte gammal, han kan väl hinna skaffa familj tänker Emma. Undrar om han är annorlunda på något sätt som gör att han inte lyckas hitta någon partner. Eric berättar vidare att han kommer att vara extraledig till jul och nyår och frågar om han kan få komma till Sverige och hälsa på då. Emma blir jätteglad, men samtidigt skärrad. Tänk om vi inte «klickar» alls och ska ha honom här hela helgen, men han ska ju också besöka sin mor så det kan ju inte bli mer än kanske en vecka. Givetvis ska hon svara på mejlet och med glädje bjuda in honom till Göteborg och deras hem till jul. Gott om plats har de, så det är det minsta problemet. Lina kommer också att tycka det är spännande att få träffa denne Eric Stawoe, eller Stawowsky som han egentligen heter, deras halvbror.

Då Göran kommer hem berättar Emma ivrigt om mejlet från Eric och att han vill hälsa på hos dem över julenhelgen.

– Hoppas att han är en trevlig karl, för jag vill kunna koppla av under julen och känna mig fri och ledig. Behöver vila upp mig efter den stökiga hösten på Chalmers.

– Va, har du haft en stökig höst på jobbet, undrar Emma.

– Ja verkligen. Men du har varit fullt upptagen med släktforskningen, så du har ju inte ens lyssnat på mig när jag berättat om jobbet.

– Du har väl inte pratat så mycket om ditt arbete på senaste tiden? Nu får jag dåligt samvete.

Diskussionen fortsätter. Emma känner sig otillräcklig, ytlig, tänker mest på sig själv. Hon inser att hon det senaste nio månaderna varit upptagen av Lina och deras släktutredning. Hon känner till och med att hon inte varit helt närvarande på sitt eget jobb. Hela den här historien har tagit nästan all plats i hennes liv. Hon tittar ut genom fönstret och ser hur träden står där utan blad, drivor av gulbruna löv på marken och inser att det här året bara rullat iväg. Hon uppskattar Görans stabila humör, som inte fått «tokspel» över hennes egocentricitet, men hon förstår nu att hon måste göra något för att rätta till balansen i deras förhållande. Hon ställer sig bakom Göran, som nu står och tittar ut genom fönstret, lägger sina armar runt hans midja och viskar i hans öra «Jag älskar dig». Han vänder sig om, hon ser något blött komma ur ögonen, hon kramar ännu hårdare och han besvarar kramen.

– Jag älskar dig också, men vill ha dig mer närvarande, snyftar han.

Kapitel 45

Det är lördag morgon. Emma tar bilen, åker till «Boulangerie Ducoin» på Koopmansgatan för att köpa deras goda croissanter och lite annat gott bröd till frukosten. Hon inser nu att hon åsidosatt sin relation med Göran. En uppsträckning är på sin plats. Den här dagen ska ägnas åt deras relation, men hon måste ringa Lina och berätta om svaret från Eric. Hon passar på att ringa Lina när hon sitter i bilen. Klockan är inte åtta än, det är en sömndrucken Lina som svarar.

– Kan man inte få sova, det är ju lördag, stönar Lina.

– Ursäkta, men vi har fått svar från Eric om hans DNA test.

– Är vi syskon? skriker Lina nu helt klarvaken.

– Ja det är vi, han har fått svar att hans och mitt DNA matchar till 50 %, vilket innebär att vi helt säkert är halvsyskon.

– Men vad roligt, vad gör vi nu, ska vi träffas?

– Jag tänker svara på mejlet och bjuda hit honom över jul, vad säger du om det?

– Tänk om han är en konstig typ och vi ska dras med honom en hel helg, kan han bo hos er?

– Ja, det kan han och så konstig tror jag inte han är. Vi har ju mejlat flera gånger och det verkar okej. Göran är dock skeptisk över att ha honom här hela julen.

– Men jag kan ta hand om honom någon dag, om jag klarar konversationen på engelska.

– Bra, då styr jag upp det hela, bjuder in honom och så gör vi det bästa vi kan. Tänk Lina vi har inte bara hittat varandra, vi har hittat en bror.

Emma avslutar samtalet, går in på bageriet, köper både grovt och ljust bröd, croissanter och några katalaner. Åker därifrån visslande, kommer hem till huset, bullar upp en fantastisk frukost innan den sömndruckne Göran stiger ur sängen. Doften av nybryggt kaffe och färskt bröd får honom att kvickna till.

– Å vad gott det luktar, har du bakat på morgonen?

– Nej, det finns andra som är bättre på det än jag. Jag säger bara «Boulangerie Ducoin», svarar Emma på sin bästa franska.

– Men det är ju ända borta i Majorna!

– Ja, vad gör man inte för sin älskade, säger Emma och pussar honom på kinden.

De äter en lång och härlig frukost och Göran får prata. Emma har bestämt sig för att vara tyst och låta honom prata, bara sticka in små följdfrågor så att han förstår att hon lyssnar. Han berättar om stöket på Chalmers med byte av rektor och flera i personalen som slutat. Göran har fått dra ett tungt lass för att hålla ihop verksamheten. Han tycker han fått agera rektor och arbetsledare, då den nye inte kommit in i jobbet ännu. Emma förstår att det varit och är tungt för Göran. Hon har dåligt samvete för att hon inte haft en aning om allt detta. Han säger att han pratat med henne om problemen, men att hon inte verkat lyssna och då har han blivit tyst. De sitter vid frukostbordet i flera timmar, avslutar det hela med kaffe och katalanerna. Göran myser och säger att de alltid borde ha det så här. Hon håller med och de bestämmer att lördagsmorgnarna alltid ska börja på det här viset i fortsättningen. Efter att Göran fått prata av sig, vågar Emma ta upp det här med Eric och hans besök. Hon berättar att hon pratat med Lina och att de gärna vill bjuda hit sin bror över jul. Han måste bo hos dem i Örgryte, men Lina har lovat att ta hand om honom också, så de behöver inte ha honom där hela tiden. Dessutom kommer han också att resa till sin mor i Stockholm. Göran går med på det. Johan och Karl kommer också att vara hemma på julen, så de är flera personer som kan ta hand om Eric. När hon nu fått accept från Göran, går hon direkt till datorn och mejlar till Eric att han är mycket välkommen att besöka dem i jul. Hon meddelar mellan vilka tider de är lediga och när de kan ta emot honom, att han får bo hos dem i Örgryte, men även kommer att kunna vara en del med sin andra syster Lina. Hon avslutar mejlet med «I am very happy to have found you and I hope you will enjoy the visit here in Gothenburg, spending the Christmas holiday with us».

Kapitel 46

Det är en mycket mörk novembermånad. Inte en enda dag med sol, bara regn, regn och åter regn. Mörkt, ett tjockt dis ligger i luften. Det är fuktigt, dimmigt och kallt fastän det är flera plusgrader. Kylan kryper sig in i kroppen. Emma har slutat lite tidigare denna tisdag och åker direkt till Lina som de bestämt. Nu ska de planera Erics vistelse hos dem. Eric meddelade ganska snabbt att han bokat flygbiljetter. Han kommer att flyga till Arlanda och stanna hos mamman i Stockholm några dagar innan han åker till Göteborg. Han planerar att åka snabbtåg till Göteborg och beräknas komma dit den 25 december kl 16.15. Lina tycker det är lite sorgligt att han missar julafton hos dem, men den får han med mamman. Men för honom som amerikan är nog den 25:e viktigast, resonerar de. De planerar att fira julafton var för sig. Lina får hem några barn och barnbarn på besök och Emma har grabbarna hemma. De bestämmer att träffas allihop hemma hos Lindströms på juldagen och bekanta sig med varandra och äta julmat. På annandagen planerar Emma ha sin traditionsenliga kalkonmiddag och då samlas alla där. Dagen efter tycker Lina att hon kan ta hand om honom och visa Göteborg. Det är en lördag, men ändå mycket som är öppet. Lina är mest oroad för hur hon ska kunna prata med honom, då hon känner sig osäker på engelskan. Emma lugnar henne med att han berättat att han förstår en del svenska, men har svårt att prata språket. Om han bara är ödmjuk med lite tålamod kommer det säkert att ordna sig. Han kommer att stanna till nyårsdagen då han flyger hem från Landvetter, via London, New York och till Los Angeles.

– Vad han kommer tycka det är kallt och tråkigt väder här i Sverige, uttrycker Lina lite fundersamt.

– Jag tror han är medveten om det, säger Emma förnuftigt.

– Tänk om vi kan hälsa på honom i LA någon gång!

– Ja, det skulle vara jättekul, men vi ska väl inte gå händelserna i förväg, menar Emma.

Systrarna fortsätter planeringen, men de inser att inte planera alltför detaljerat, för det måste finnas utrymme för improvisation också. De måste först få en chans att lära känna honom och vad han har för intressen. Han kanske inte alls är intresserad av att åka Paddan i den här kylan eller gå på Universeum och se utställningar om Regnskogen och Rymden. Allt finns nog i större skala i USA än vad han kan få här i Sverige tänker systrarna. Däremot tror de att han kan vara intresserad av konstmuseer och liknande.

– Han har uttryckt att han gillar konst, säger Emma när de tittar vidare på Göteborgs utbud av aktiviteter.

– Lisebergs Jul är även igång under mellandagarna, så dit kan man gå en av dagarna.

– Nyårsafton är vi här hos oss, köper cateringmat och firar in nya året. Han ska åka på förmiddagen den 1 januari, då får vi skjutsa honom till Landvetter, fortsätter Emma.

Emma kommer att tänka på Reidun, som faktiskt var den som fick dem att komma in på rätt spår. Det var hon som nämnt Zach, namnet på deras far som hon ropat när hon födde tvillingarna.

– Vi måste ta kontakt med Reidun och berätta att vi hittat vår halvbror.

– Ja, det skulle vara trevligt att träffa henne igen och berätta om vår släkthistoria, säger Lina.

– Vi kan börja med att ringa henne, säger Emma

– Hon är ju faktiskt vår gudmor. Är det för stor grej att be henne komma hit till Göteborg och träffa vår halvbror?

– Jag vet inte om jag kan härbärgera en person till under julhelgerna, säger Emma.

– Jag kanske kan ha henne hos mig om vi tar hit henne över nyår. Då har jag inga barn hemma, säger Lina.

– Bra idé, vi ringer henne och hör om hon är intresserad.

Emma tar upp telefonen och slår Örebronumret till Reidun. Det går fram många signaler innan hon svarar. Emma sätter på högtalartelefonen så Lina också hör. Reidun blir glad att höra ifrån systrarna igen och lyssnar spänt på vad Emma har att berätta. Hon blir uppriktigt glad över historien om hur de fått fatt i Eric, deras halvbror. Hon tar tacksamt emot inbjudan till nyår, men säger att hon vill tänka på saken. Hon har problem med en höft och vet inte om hon orkar. Emma bedyrar att de kan hämta henne vid tåget och köra henne till Lina, där hon kommer att få bo de nätterna hon stannar. Hon berättar även att de tänker fira nyårsaftonen i villan hos Lindströms.

– Jag ringer dig i nästa vecka. Ju tidigare du kan boka tågbiljetter desto billigare blir det, säger Emma.

– Jag tackar för erbjudandet, ska tänka på saken.

Kapitel 47

Julafton förflöt lugnt och stilla hemma hos familjen Lindström. Karl hade kommit hem från London. Han mådde bättre nu, hade kommit över den förlorade flickvännen, men var fortfarande bekymrad över jobbet. Johan och Mattias var också hemma. Alla hjälptes åt med jullunchen, Göran gjorde Janssons frestelse, Johan en härlig sallad på rödbetor, morötter, svartkål och äpplen. Den toppades med en saffransdressing och pinjenötter. Karl värmde mammas köttbullar och stekte prinskorven. Emma plockade fram den gravade laxen, skinkan, sillen, rödbetssalladen och dukade vackert med den röda duken, kristallglasen och ostindiaporslinet. Mattias vek fantasifulla konstverk av de röda och vita servetterna. Alla var på gott humör och pratade förväntansfullt om den upphittade halvbrodern som skulle komma nästa dag.

Efter maten hade de en liten julklappsutdelning, men sparade några klappar till juldagen, då de tillsammans med Eric skulle fira ytterligare. Det hade varit svårt att köpa julklappar till Eric, men Emma hade köpt en fin bok om Göteborg samt gjort en fotobok med bilder på Lina och Emma och deras familjer. Hon hade även köpt varma yllestrumpor, mössa och halsduk då hon förstod att Eric säkert skulle frysa här i kalla Sverige.

På juldagens morgon åt de en lång frukost. Emma konstaterade att alla nog var lite nervösa inför mötet med Eric. Emma åkte iväg i god tid på eftermiddagen, hämtade upp Lina och väntade på Centralstationen att Erics tåg skulle rulla in. Han hade skickat ett sms att tåget var i tid och skulle anlända 16.15. De hade fått en bild på honom så de visste någorlunda hur han såg ut. Han såg faktiskt ut att vara ganska lik den bild som Emma fantiserat om för några veckor sedan. Han hade också fått bilder på systrarna. De hade avtalat att mötas på perrongen. 16.10 stod systrarna på perrongen, med förhöjd puls och väntade. 16.18 rullade tåget in på perrongen. Massor av folk vällde ut ur vagnarna, systrarnas halsar blev långa som svanhalsar för att kunna upptäcka brodern. De stod i början av perrongen för att inte missa honom. Efter en, som de tyckte, lång stund såg de en mörk snygg person komma mot dem, med ett härligt leende på läpparna och en stor rullväska i ena handen och en datorväska i den andra.

– Hallo, are you Emma and Lina? Nice to see you!

– Hallo, nice to see you too, säger Emma lite tafatt.

De kramar om varandra, tittar lite på varandra och Eric kommenterar hur lika Emma och Lina är. De kan också konstatera att Eric har vissa drag av systrarna. Eric är dock mörkare än Emma o Lina, som numera är gråsprängda i håret, och han har bruna ögon. Men visst finns där likheter. Emma kör bilen medan Lina och Eric sitter i baksätet. De samspråkar lite artigt med varandra. Eric försöker sig på några svenska ord, de skrattar, han tar hennes hand och uttrycker sin glädje över att få träffa dem. När de kommer fram till Lindströms villa, utropar han

– What a nice house! It seems that you live in an affluent area!

Emma skrattar och förklarar att det är ett lugnt och fint område av Göteborg, som de lyckats bosätta sig i. Lina förstår vad de talar om och känner sitt underläge. Hon tycker inte alls att det ska bli trevligt att visa honom sitt hem, som är så mycket enklare. Men hon hoppas de får tillfälle att berätta om deras olika uppväxt och att deras förutsättningar varit så olika. Då kanske han förstår, tänker hon. Han verkar inte alls högdragen själv, så det går nog bra. Väl inne i huset får han träffa Göran, Johan och Karl. Karl börjar genast prata med Eric. Han är mest van av dem alla att prata engelska, så samtalet flyter på. Emma visar honom gästrummet och badrummet och ber honom göra sig hemmastadd, så ska hon plocka fram middagen. Hon har gjort iordning den typiskt svenska julmaten. Lina och Emma hjälps åt att få all mat på bordet. Göran dukar, tar fram en flaska champagne som de ska starta med och kommenterar till systrarna i köket att det verkar vara en trevlig karl. Han konstaterar att de verkligen är syskonlika.

– Det är nog er bror i alla fall, säger han skrattande

Då Eric kommer ner från övervåningen har han flera presenter i händerna. Göran visar honom granen och att han kan lägga pake-

ten där, sedan går de in i matsalen där Göran dukat upp med champagnen och snacks. De skålar och dricker. Eric tackar för att han fått komma hit och tycker det ska bli spännande att få lära känna sina släktingar mer. Måltiden avlöper på ett otvunget vis, men Lina är den som är mest tyst. Hon har lite svårt att hänga med i snacket, men tänker att det nog blir lite bättre när hon får ha honom för sig själv någon dag. Kvällen avslutas med kaffe och avec i vardagsrummet framför braskaminen, som sprider en härlig värme i det annars svala rummet. När Johan drar sig tillbaka till sitt rum viskar han i sin mors öra
– Faan va coolt, jag har fått en morbror!

Kapitel 48

Eric finner sig väl tillrätta med systrarna i Sverige. Han tycker dock att det är förskräckligt kallt och mörkt. Han berättar att han bor i en lägenhet i de södra delarna av Los Angeles. Staden är riktigt stor, nästan 4 miljoner invånare. När han inte jobbar åker han ofta ut till Sankta Monica och surfar och badar. Från april till november surfar han, iförd våtdräkt när det är kallare. Så här på vintern brukar temperaturen vara runt 58-60 grader farenheit och det regnar en hel del, men det blir aldrig riktigt kallt och heller aldrig någon snö. Göran googlar fram vad det blir i celsiusgrader. Det motsvarar 14-16 grader. De förklarar för honom att det ytterst sällan ligger kvar någon snö här heller, utan nederbörden kommer mest i form av regn i Göteborg. Eric hade dock sett lite snö i Stockholm när han landade på Arlanda. Göran förklarade att det är mest i norra Sverige som det blir riktigt kalla och snörika vintrar, där snön ligger kvar under hela vinterperioden. Familjen Lindström tycker att Eric är en mycket trevlig man, kan inte förstå varför han inte har någon familj. Kanske beror det på att han lever ett ungkarlsliv och verkar trivas med det. Emma frågar Johan om han tror att Eric är homosexuell. Men det tror han inte. Har inte fått några sådana «vibbar» uttrycker han sig. När julhelgen är över är det dags för Lina att ta hand om Eric. Han vill absolut åka Julpaddan och gå på Lisebergs julmarknad. Vädret är förhållandevis bra och båtturen blir lyckad. Han har fått låna en extra tjock tröja. Mössan och halsduken kommer väl till pass. Han har dock för tunna skor för livet i Skandinavien. Lina tar med honom till en skobutik, där han köper varma kängor. De lyckas kommunicera på ett bra sätt. Lina pratar en enkel engelska och ibland använder svenska ord. De lyckas förstå varandra ganska bra. Han tycker att Linas lägenhet är trivsam, men han förstår att hon haft ett annat liv och därmed en annan ekonomisk förmåga än vad Emma haft. Han förklarar för henne att han haft det mycket tufft i början av sitt vuxna liv, när han skulle skaffa sig utbildning och jobb. Han visste inte vad han ville med sitt liv, var besviken på föräldrarna som han inte tyckte brydde sig. De brydde sig mest om sig själva och allra tuffast var det när mamman övergav honom, när hon flyttade till Sverige och lämnade honom till pappan i LA. Zach hade inget intresse av mig. Han ville leva sitt eget liv och tyvärr har jag blivit likadan. Har inte varit intresserad av att skaffa familj och barn, berättar han vidare. Han berättar att han haft två längre förhållanden men de spruckit på grund av att han inte velat skaffa barn. Han är imponerad av att Lina fött sex barn och visar stor empati i sorgen över Simon som dött som barn. Lina förklarar för honom att barnen har varit hennes stora glädje i livet, även om det ekonomiskt varit svårt. Hon berättar också om det tråkiga i att inte fått ha en livspartner på samma sätt som Emma har.

När de gått runt på Liseberg en stund är de så frusna att de går in på Café Taube för att äta. De beställer «Havets Wallenbergare» och dricker öl. Eric bjuder och Lina tackar inte nej. Han berättar om sin mor som han hälsat på några dagar innan resan till Göteborg. Hon mådde ganska bra, men lever ett bohemiskt liv tillsammans med en man i Hagsätra.

De målar båda två och försöker livnära sig på det, men det går inte så bra. De är visserligen pensionärer, men har låg pension och dyra omkostnader hade han förstått. Lite smått alkoholiserade, som han uttryckte det. Eric blev lite dyster när han berättade om dem. Han pratade varmt om sin far, trots att han inte varit en så närvarande pappa. Zach var ingenjör och jobbade på ett stort företag. Eric ville bli som sin far och utbildade sig till ingenjör i nätverksteknik, IT branschen låg framför honom. Han jobbar idag på ett IT företag där han är konsult ut mot flera stora företag i teknikbranschen. Han har det bra ekonomiskt och lever det liv han vill. Han håller på med fotokonst och målar lite på lediga stunder. Det enda han saknar är en partner. Han skulle vilja ha en kvinna att dela sitt liv med, kanske inte vardagligen utan mer ett särboförhållande, när man träffas ibland och däremellan lever sitt eget liv. Han tror inte på något lyckligt familjeliv. Spåren efter föräldrarnas misslyckade äktenskap sitter djupt i honom. De här ideérna är främmande för Lina, som ansett det så viktigt att värna om familjen. Lina sitter med sin Iphone för att hitta översättning när hon ska prata med Eric. Det går riktigt bra och hon trivs verkligen i hans sällskap. De avslutar dagen med ett besök på Göteborgs konstmuseum, där de går igenom alla salar och ser allt ifrån Karl den tolftes likfärd till en modern utställning av fotokonst, som fascinerar Eric mycket. Därefter åker de hem till Lina för ett enklare kvällsmål bestående av två olika sorters pajer som Lina lagat i förväg. Eric frågar om han kan bo kvar hos Lina och självklart tycker hon det är okej, nu när de lärt känna varandra mer och han accepterar hennes enkla hem. Det känns verkligen bra att hon får rå om honom själv. Hon lever ju fortfarande i bakvattnet efter den «perfekta» Emma och hennes lyckade liv. Hon älskar sin syster mycket, men ibland känns det tungt att uppleva skillnaderna i deras liv. Eric är också en person som lyckats i livet, trots en tuff uppväxt med skilda föräldrar, men har precis som Lina en mycket empatisk sida.

Kapitel 49

Nyåret närmar sig. Reidun hade lämnat besked att hon gärna ville komma till Göteborg och fira nyår med sina nya vänner. Hon är ju trots allt gudmor till Emma och Lina och vill så gärna träffa dem igen. Hon anländer med tåg dagen innan nyårsafton. Emma och Lina hämtar henne vid tåget och åker direkt hem till Lindströms för att äta en enklare lunch. Eric hade tillbringat förmiddagen med Göran. De hade åkt till Padel Center i Eklanda för att spela padel, något som var tämligen nytt för Göran, men Eric hade spelat i några år.

Reidun är så vacker, iklädd en lejongul ullkappa, bruna stövlar, en käck liten brun hatt med små brätten, bruna handskar och handväska och en rullväska av märket Samsonite. Hon ser förnäm ut på ett trevligt sätt. När de möts där på perrongen vet inte Emma om de skulle kramas eller handhälsa. Lina funderar inte, hon går rakt fram till Reidun och ger henne en bamsekram och utbrast «vad roligt att träffas igen!». Då gör Emma det samma, en hastig kram och ger henne en komplimang om hennes fina klädsel. Lunchen blir trevlig och känns otvungen. Eric och Göran kom tillbaka svettiga och i trevligt samspråk. Efter duschen anslöt de till lunchbordet. Ungdomarna är ute på sitt håll och ska ansluta till firandet på kvällen. Emma och Lina berättar för Reidun vad hennes hjälp lett till och presenterar sin halvbror Eric för henne. Hon uppskattade verkligen att hon hade kunnat vara till hjälp. Eric berättar det han vet om pappan och vistelsen i koncentrationslägret, hur han hamnat först i Sverige, därefter i USA. Zachary var polsk jude, gömde sig på landsbygden så länge han kunde, men blev till slut tillfångatagen och transporterad till Auschwitz. Efter den fasansfulla tiden i lägret hamnade Zach med Röda Korsets hjälp i Sverige, på sanatorium i Garphyttan, där han vårdades för sin tbc och undernäring. Han blev kvar i Sverige i nästan två år. Den enda kvarvarande släktingen i livet var en kusin som emigrerat till USA, så Zach valde att bosätta sig där också. Eric berättar, alla håller andan och lyssnar.

– Men har inte du en svensk mamma, träffades inte din far och mor i Sverige? frågar Reidun

– No, she came to US working as a modell in the middle of 1960. I was born 1969. But my parents get divorced.

– Har du bott i USA hela tiden? fortsätter Reidun intresserat.

– Yes I have, men nu jag är här, svarar han glatt på sin svengelska.

Johan, Mattias och Karl kommer inramlande på sen eftermiddag efter att ha varit på shoppingrunda. Lite glada i hatten kastar de in alla sina kassar på hallgolvet. De hade hunnit med ett besök på favoritstället Steampunk Bar och tagit några öl. De hälsar artigt på Reidun och drar sig tillbaka för att göra sig iordning inför kvällen. Killarna hade bestämt att vara hemma denna nyårskväll och Johan och Mattias har en glad nyhet att berätta.

Cateringfirman kom klockan sju och levererade den goda maten. Förrätten var en kall skaldjursmacka så den åts direkt, medan varmrätten skulle värmas, hade de fått instruktioner om. Varmrätten bestod av renstek samt potatiskaka och rostade rotfrukter.

Goda tillbehör fanns också med, plommong-
elé, cornicons och rödvinsås. Desserten var
en saffransbruleé. Allt smakade himmelskt
tillsammans med grüner weltliner och cotes-
du-Rhone viner. Innan de börjar med efter-
rätten reste sig Johan upp och klingar i glaset.
Det blev tyst runt bordet. Då reser sig även
Mattias, de tittar på varandra och visar sina
händer, där var sin glänsande ring i rödguld
sitter på deras ringfingrar.
– Vi har förlovat oss idag, säger Johan och tit-
   tar Mattias djupt i ögonen.
– Grattis, å vad roligt, då måste vi skåla, ut-
   brister Emma
Ett riktigt puss- och kramkalas utbryter.
– Det här var en glad överraskning, säger Gö-
   ran och höjer glaset.
Reidun tittar lite blygt ner i tallriken. För
henne känns det ovant att två män förlovar
sig. Eric däremot hoppar fram till killarna
och ger dem en gruppkram och Karl håller
ett kort tal till dem och önskar dem all lycka
i deras fortsatta liv.
– Om allt går i lås så kommer vi att flytta till
   en lägenhet i Majorna, som vi budar på just
   nu, berättar Mattias. Nu ska ni snart slippa

den här grabben här hemma, fortsätter Mattias och buffar Johan i sidan, så han nästan tappar balansen.

Alla höjer sina glas och skålar med dem. Lina är rörd. Emma och Göran är glada över att killarna stadgar sig. De önskar dem all lycka och glädje i framtiden. Middagen fortsätter, nu ännu mer uppsluppen. Johan sätter på musik och det dansas lite halvdant av vissa, medan andra tar en kaffe med avec. Klockan börjar närma sig tolvslaget och de beslutar sig för att lyssna på Nyårsklockorna från Skansen, som i år läses av Loa Falkman. De går ut på altanen och ser ett gnistrande fyrverkeri på himlen. Emma och Lina tar varandra i handen och säger med en mun «vilket bra år det här har varit»!

Kapitel 50

En torsdagseftermiddag när Lina kommer hem från arbetet i Björkåsskolan, ringer hennes mobil. Ett nummer hon inte känner igen.

– Hej, det här är Markus Karlsson från Svenska Spel.

– Hej, säger Lina och känner pulsen stiga.

– Är det Lina Jansson jag pratar med? frågar han

– Ja, säger Lina högt och tydligt.

– Då vill jag gratulera dig till en storvinst på Lotto, du hade sju rätt på lördagens första dragning.

Lina hade i 20 års tid haft två Lottorader igång, som hon förnyade var femte vecka, men hon brukade inte kolla om det är någon vinst. Under alla dessa år hade hon endast vunnit några småvinster. Hon hade dock fortsatt spela utan att engagera sig. Innerst inne hoppades hon att det någon gång kunde bli en större vinst.

– Hur mycket har jag vunnit? kastar hon ur sig.

– Jag hoppas du sitter ner nu, säger Markus.

– Ja, det gör jag!

– Du har vunnit 8.935.000 kronor, utbrister han. Stort grattis.

Lina blir alldeles torr i munnen och frågar försynt om han kan ta det där en gång till. Markus berättar ytterligare en gång det stora beloppet. Lina känner sig mer förvirrad än glad. Markus förklarar att han förstår hennes känslor. Nu uppmanar han henne ta det lugnt och smälta det hela och meddelar att någon annan medarbetare från Svenska Spel kommer att ta kontakt med henne nästa dag för att göra upp om det praktiska detaljerna. Lina tackar så mycket för samtalet och med darrande ben börjar vanka runt i lägenheten. Ut i köket efter ett glas vatten och dricker hastigt. Den första rediga tanken som dyker upp är att ringa Emma för att berätta.

– Emma, jag har vunnit pengar på Lotto!

– Inte visste jag att du spelade, säger Emma förvånat.

– Jag har haft två stående rader i många år och nu har det slagit till.

– Vad kul, har det blivit några tusenlappar, säger Emma lite småskrattande.

– Håll i dig nu syrran. Jag har vunnit nästan nio miljoner!

– Du skämtar, vrålskriker Emma.

– Det är sant, jag blev alldeles matt när en kille från Svenska Spel ringde och berättade.

– Är du säker på att det inte är ett skämt!

– Jag tror det är på riktigt.

Systrarna fortsatte diskutera den stora händelsen. Lina frågar Emma om råd, vad hon ska göra med alla pengar. Emma konstaterar att det är mycket pengar, men menar att Lina kanske inte blir ekonomiskt oberoende för resten av sitt liv. Emma tycker att hon ska satsa på ett bra boende. Att köpa en lägenhet är en bra investering och sedan be någon kunnig på banken om placeringsråd, så pengarna räcker länge. Lina tackar för tipsen och lägger på luren. Kanske min dröm om en lägenhet på Linnégatan kan bli verklig, tänker hon uppspelt. Det här kommer att förändra mitt liv.

Kapitel 51

De sista tonerna av «Härlig är jorden» klingar ut. Orgeltonerna är tunga och Emma har svårt att andas. Hennes hand i Görans. Hon håller så hårt att knogarna vitnar och tårarna rinner ner för kinderna, hon börjar hulka. I huvudet är det som gröt och hon kan inte hålla kvar en och samma tanke mer än några sekunder. På höger sida om Emma sitter Lina, trygg och lugn, hennes tårar droppar stillsamt nerför i ansiktet. Luften är tung och taket lågt, trots att kyrkans tak välver sig gigantiskt högt över deras huvuden. När de står framme vid kistan kan inte Emma få fram ett ord. Lägger den ensamma vita rosen på kistans kortända. Hon lägger handen på kistan, tom i hjärnan, ont i hjärtat vill inte släppa taget. Göran lägger armen om hennes axlar och drar henne därifrån.

För fyra veckor sedan var livet precis som vanligt. Emma cyklade till jobbet och började dagen med ett planeringsmöte på Sahlgrenska. Telefonen ringer. Syster Siv på akutmottagningen meddelar att Emmas son Johan varit med om en trafikolycka. Påkörd av en bil och befinner sig på akuten.

– Är det allvarligt? stammar Emma

– Ja, svarar syster Siv. Han är inte vid medvetande.

– Vad har han för skador? stönar Emma.

– Vi vet inte ännu.

– Jag kommer med detsamma, ropar Emma och kastar ner telefonen i väskan och rusar ut ur rummet.

Jag måste få tag på Göran, tänker hon och tar upp telefonen igen. Hon fipplar med tangenterna och slår fel flera gånger innan hon kommer fram. Göran är på väg till Borås, men vänder om direkt, när han får veta vad som hänt.

Emma vet inte hur hon tog sig till akuten, men plötsligt står hon framför sängen där Johan ligger. Han ser inte så skadad ut. En läkare kommer fram till Emma och säger att han troligen fått en blödning i huvudet av den kraftiga smällen. De ska operera honom, för att lätta på trycket i hjärnan, säger läkaren. Han har även frakturer på flera ställen. Läkaren säger att det är mycket kritiskt de första timmarna och att de snabbt måste agera. Sedan försvinner läkaren och sköterskorna kör raskt iväg med Johan. Emma ramlar ihop på golvet och blir sittande. Vita väggar, folk springer fram och tillbaka i korridoren. Hon ser ingenting, allt är bara svart. Efter en stund, som hon inte vet om det är en kvart eller flera timmar, kommer Göran inspringande.

– Vad har hänt? Var är Johan? nästan skriker Göran. Han böjer sig ner och lyfter upp Emma som är tom i blicken och berättar osammanhängande vad som hänt.

– Jag ringer Mattias. Han måste få veta, säger Göran och trasslar med telefonen.

Syster Siv kommer gående från operationsrummet och berättar för Emma och Göran vad som händer just nu. Hon visar dem till ett väntrum och frågar om de vill ha något att dricka. Hon förklarar att operationen kommer att ta några timmar, så hon föreslår att de ska åka hem och komma åter.

– Vad ska vi göra hemma säger Emma? Jag stannar här, säger hon med bestämd röst.

– Vi väntar här, säger Göran. Vi vill vara nära Johan.

– Ni gör vad som känns bäst för er, kommenterar Siv. Men glöm inte att äta och dricka, det är viktigt om ni ska orka.

Denna dag för några veckor sedan är både tydlig och bitvis mycket grumlig, för både Emma och Göran. Johan vaknade aldrig upp ur narkosen. Tre dagar efter olyckan står de samlade runt sängen, där deras son ligger blek och livlös. Johan är död.

Visst har Emma och Göran varandra, men det är Lina som är deras stora stöd. Hon var den som tog kontakt med Karl i London och såg till att han kom hem snabbt. Hon skötte de praktiska sysslorna i familjen. Hon var även en duktig lyssnare och framförallt ett fantastiskt stöd för Karl, som blev bortglömd i all sorg. Han stod lite utanför, eftersom han inte varit med på sjukhuset och riktigt kunnat ta in vad som hänt. Han hade i alla fall fått se sin döde bror. En mycket svår stund, för honom. Mattias hade varit mycket samlad när han fått se sin älskade Johan kall och likblek, men verkade som han petat ner känslorna i magen och agerat som en blivande läkare ska. Lina månar även om Mattias då han finns med hemma hos familjen Lindströms.

Två dagar innan begravningen blir allt så tydligt för Emma. Lina har blivit en mycket betydelsefull person i Emmas liv. Lina hade hjälpt dem med att ordna begravningen. Göran hade blivit introvert på ett sätt som Emma inte kände igen. Han ville inte prata om Johan. Nej, han ville inte prata över huvud taget. När han någon enstaka gång öppnade munnen, handlade det mest om praktiska göromål. Förstod han inte vad som hänt, undrade Emma. När Göran betedde sig som mest konstigt var det Lina som fanns till hands både för att trösta Göran och att lyssna på Emmas pladdrande. Hon hade så många ord som måste ut. Hon pratade oavbrutet om varför och hur det kunde bli så här.

– Jag vet att man reagerar så olika, när något allvarligt händer. När Simon dog, var jag så koncentrerad på allt det praktiska, men efter begravningen bröt jag ihop. Hade inte kraft att göra någonting, förklarar Lina.

– Det känns så konstigt att jag aldrig mer kommer att få träffa min bror, snyftar Karl.

– Vad ska jag göra utan honom? Min lillebror ska inte dö före mig, säger han mellan tårarna.

Lina är psykiskt stark och finns där för dem alla. Emma tackar ödet att hon äntligen lärt känna sin «borttappade» syster, men egentligen är det helt Linas förtjänst att de träffats efter alla dessa år. Det där mejlet som kom för ett år sedan har verkligen haft stor betydelse för dem båda.

TACK

Tack till Marita Johannesson som hjälpt mig med korrekturläsning och synpunkter på innehållet. Skrivarkursledaren Maj-Britt Wiggh, som sporrade mig att fortsätta skriva när jag inte trodde på mig själv. Books on Demands författartjänst och hjälpsamma personal, särskilt Gunilla Schmidt som lett mig genom bokproduktionsprocessen. Hjälp som har varit ovärderlig. Lars Malmström, min särbo, hjälpte mig att strukturera upp mina dagar, så jag kunde slutföra min berättelse. Tack även till mina kära barn, Gustav, Pontus, Kristin Lidén med partners och barnbarnet Edith som finns och gör mitt liv angenämt. Tack till Pontus som ägnat några timmar att fota en bra bild på sin mor.